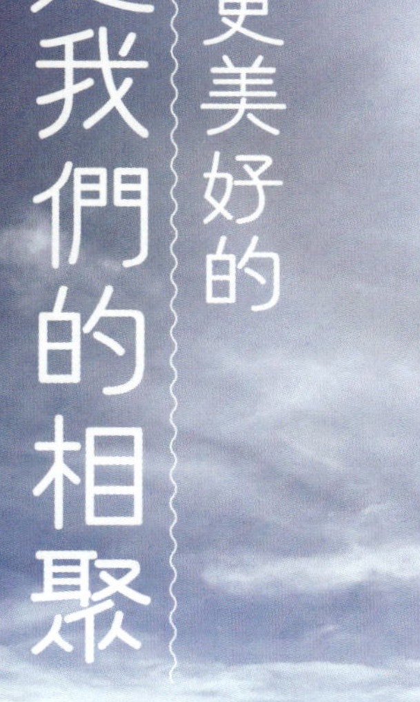

比登頂更美好的是我們的相聚

目錄

富士山札記

海拔3776mの生命教室

用 雙 腳 寫 下

序

啟程於
一個夢想

邱春燕校長

東華三院甲寅年總理中學

「邱校長，你為什麼要帶學生去登富士山？你不怕嗎？帶著一班學生上山，責任很大啊！」這樣的疑問，我聽過不少。的確，登山並非一件容易的事，但或許正是我對年輕人那份不滅的熱血，讓這次看似不可能的旅程成為事實，夢想成真。

人生中，我們常常需要仔細思考才能作出每一個決定，尤其身為校長，我深知每一個抉擇都可能帶來深遠的影響。然而這次旅程，或許是天時、地利、人和的結晶。不是因為我有什麼特別之處，只是我仍然保持著那顆願意嘗試的心，願意跟年輕人一起挑戰極限，突破自我。

「當你真心渴望某件事物，整個宇宙都會聯合起來幫助你完成！」

——《牧羊少年奇幻之旅》

以恆毅成就卓越

每年，我都會為學校設立一個主題，希望能凝聚學生和老師的力量，朝著共同的目標邁進。2023年，我腦海中浮現了一個詞——「恆毅力」，於是我將主題定為「以恆毅成就卓越」。我希望學生能培養持之以恆的毅力，在學業、個人成長和品格上，成為更卓越的自己。

這個主題在我心中迴盪不已，就在此時，我看到一群十幾歲的年輕人用獨木舟環繞香港。他們眼中閃爍著青春的火焰，這給了我一個啟發：我能否和學生一起做一件同樣「型」的事呢？

由於我平時熱愛行山，我便開始思考：為什麼不和學生一起登山呢？如果登山，那麼去哪裡比較好？我一直有一個心願，就是攀登富士山。當我查閱資料時發現，有八歲的日本小朋友也成功登頂，我不禁想：學生應該也可以吧！當然，後來我才發現，我低估了這座山的挑戰，但人生不正是如此嗎？選擇那些看似困難的事情，往往能讓我們收穫無限的成功感。

走一條不一樣的路

這次旅程也讓我想起十年前的一次經歷。那時，我還是一名老師，曾與教練Marco Sir一起帶學生參加一次「台灣電波少年流浪之旅」。那次經歷讓我深深認識到，年輕人的潛力遠超我們的想像。他們內心的故事和韌性，至今仍然令我難以忘懷。於是，我致電給Marco Sir，問他：「Marco，我想帶學生登富士山，你覺得可行嗎？」他興奮地答道：「嘩，好正啊！聽到都想去！但富士山有不同的登山路線，你想選哪一條？每條路線的難度都不一樣。」我回答：「既然主題是『以恆毅成就卓越』，當然要選一條比較難的路線，讓學生能夠真正體驗和磨練自己！」就這樣，我們選擇了一條不一樣的路，開展了一次不一樣的旅程！

然而，登山的費用並不便宜。許多學生來自基層家庭，我該如何確保不同背景的學生都有機會參與呢？這個問題一直縈繞在我心頭。一次偶然的機會，我跟贊助人在聚餐中分享這個「瘋狂」的計劃。令我意想不到的是，他聽後非常感動，當場說：「Please count me in!」接著，他毫不猶豫地捐出了三十萬港元，幫助那些基層學生完成這次難忘的旅程。他的信任和支持深深觸動了我，也讓我看到社會上仍然有許多有心人願意為教育付出，為培養下一代的品格和內在素質貢獻力量。

恆毅力：在逆境中燃燒的火焰

登山的旅程就是一場抗逆力的鍛鍊。無論是酷熱的訓練、長時間的攀爬，還是面對未知困難的心理挑戰，學生們一次次突破了自己的極限，也讓我見證了什麼叫「逆境中的成長」。年輕人要懷抱夢想，因為那是推動他們前行的動力。然而，當他們面對失敗和自身的局限時，往往會懷疑自己的能力，不敢繼續向前。這種掙扎，就像登山的過程一樣，充滿挑戰和自我懷疑。

行山的時候，我也深刻體會到這一點。即使是我這個成年人，背負著二十多磅的背囊，在炎熱的氣候下攀登數天，也感到呼吸困難，不斷調整步伐。身體的沉重、汗水的浸濕，讓人容易氣餒和想要放棄。但從學生身上，我學到了一份單純的堅毅。他們教會我，只要一步一腳印地走，就能走出屬於自己的道路。我們不需要與別人比較，鬥快並不重要，重要的是跟隨自己的節奏，一步步前行，終究能抵達目的地。

彼此扶持，力量無限

在旅程中，我的學生們成了我最大的支持者。當我滑倒時，他們立刻跑來扶起我，叮囑我「校長，你小心點！」有兩位同學更成了我的左右護駕，在旅程中守護著我的安全，這些關心，讓我心中充滿感激與暖意。其實，這趟旅程並不是我帶領學生登山，而是我們彼此陪伴，互相扶持，成為了對方的依靠與鼓舞。

抉擇的力量：攻頂之路

登山途中，我們曾經面臨一次艱難的抉擇。在八合目時，因天氣惡劣，我們一度考慮是否放棄攻頂。學生的安全始終是我們的首要考量，不能冒險。然而，內心的失望是難以掩飾的。那一晚，我心中不停地祈禱，期望出現奇蹟。感恩的是，天亮時風勢稍緩，氣溫回升，我們在慎重評估後，決定給學生選擇是否攻頂。

當時，整個場地一片靜謐，每個人都在內心掙扎：我的體能夠不夠？我能不能做到？我真的可以嗎？這一刻，學生們不僅是在選擇是否登頂，更是在面對人生的一次重要抉擇。

最後，27名學生中有19人選擇攻頂，其餘同學因不同理由選擇留在營地休息。我們尊重每一位學生的選擇，因為這是他們對自己的承擔與負責。作為校長，我知道，這樣的機會在人生中並不多見，因此我決定無論多辛苦，也一定要陪伴學生走到最後。

一步一腳印，成就自我

攻頂的過程，每一步都考驗著我們的體力與意志，但同時，每一步也充滿了選擇與承擔。最終，19位學生與我成功登頂，那一刻的興奮和喜悅實在難以言喻！學生們有哭、有笑、有跌倒，雨水夾雜著汗水，但我們每一個人都帶著堅持走到最後。

晚上的小組分享中，我聽著學生們的掙扎與故事，見證他們的成長，我的眼淚也忍不住流下來。原來，**他們內心有太多的不被理解和不被接納，甚至有時候連他們自己也無法相信自己。老師和家長的期望，往往變成了他們身上的壓力。**他們努力滿足各方的要求，但也會感到疲憊。

其中一位學生，因帶著過多的裝備，弄得全身是汗。他認為裝備越多越安全，但卻不知這些成了他沉重的負擔。當他放下不必要的裝備後，他才真正輕鬆地上路。另一位學生原本準備不足，被我形容為「躺平學生」。一開始我擔心他會拖累團隊，甚至不想讓他參加。但在最後的十天，他做出了改變。他開始每天跑步2公里鍛鍊體能，努力不想成為隊伍的負擔。這樣的轉變，讓我看到了他的決心與成長。

在逆境中綻放的光芒

這些經歷讓我深刻感受到，抗逆力並不是與生俱來的，而是在一次次的挑戰中被磨練出來的。逆境就像登山的背囊，雖然沉重，但也能讓我們變得更強大。學生們在汗水與努力中成長，他們的堅持與勇氣，讓生命綻放出最美麗的色彩。

這趟旅程讓我明白：年輕人需要夢想，也需要熱血，才能無悔青春。他們需要機會去挑戰自己的極限，才能在挫折中找到真正的自己。能夠與學生同行，見證他們的蛻變，是我教育生涯中最珍貴的經歷之一，也更讓我明白，教育的力量就在於陪伴年輕人走過人生的高山低谷，幫助他們找到屬於自己的光芒。

夢想無悔，青春無限。
只要一步一腳印，終會走出屬於自己的路。
當我們願意相信他們，給予他們機會，他們便能相信自己，在逆境中不斷超越，成就卓越！

序

讓孩子走自己的路：一場富士山上的生命教育

黃鎮昌 Marco Sir

（天使家庭中心及流浪生命工程旅行社訓練總監）生命工程

當我們有車，開始不讓孩子走路；當我們有能力，開始不讓孩子學做決定；我們有錢，開始不教孩子獨立；當我們有權利，開始不讓孩子被賦權；年輕人有了表面的一切，但內在失去更多，成人世界都叫他們專心追逐成績就好，這樣漸變成，學習太過被低估，學歷被高度高估。但奈何我們成人世界都知道，分數離開了學校，便會失去她的魅力。

成就每個學生成為非凡的自己

大多數人認為，我們需要為自己的孩子創造一個更好的世界。事實上，我們真正需要的，是為這個世界培養出更好的孩子。當下香港的教育，實在不缺乏觀光和體驗的機會，欠缺的只是啟蒙、沉澱與同行；欠缺一個能燃點生命之火的平台，去喚醒年輕人心中最好的自己，呼喚心中的夢想，活出生命的美麗！

我深知啟蒙年輕人必需要連結有心人一起，感恩我遇到一位同道中人，對培育上勇於創新、敢於瘋狂，願意為自己的教育之路走在最前付出代價的邱春燕校長。

她為了讓自己學校的學生用第一身的經歷去領悟什麼是「恒毅力」——以恒毅成就卓越，兩年前主動找我討論構思及合作。於是我們便想出一個叫學生聽到會心跳，會讓學生十年、廿年後的自己會感謝中學時的自己，做了這年青熱血的事——「勇闖富士山」計劃由此橫空出世。

邱校長教曉我的事

教育學者福祿貝爾曾說過：「教育之道無他，唯愛與榜樣而已。」在她身上我看到有一種愛叫 Tough Love。因為愛，她陪學生冒險；她愛學生，打破了一句話：「愛你的人不一定是給你花錢的人，而是願意花時間陪你的人！」邱校長不單願意花錢在學生身上，又深知學生來自基層，所以主動去找有心贊助人支持基層學生30萬能有平等的改變機會，她並且親身上陣與學生同行。

在整個陪伴校長上富士山的過程中，我看到每個學生都好喜歡跟著她、會真誠去關心問候她（因看到校長同樣是勉力前行），山下山上都是會專心留神聽這位校長的每句話。

邱校長展現能改變、啟發學生的領袖魅力：

因享受與她的關係，學生願意跟隨她。

因她為學生所作出一切努力貢獻，學生願意跟隨她。

因她對他們的栽培，學生願意跟隨她。

因她的為人以及她所做人的精神，學生願意跟隨她。

邱校長親身向我這做生命教育的工作者典範：

堅持信念，敢於冒險，你的教育就有影響力。

年輕人並非向懂得最多的人學習，而是向那些與他們最能連結的人學習。

一個人只要擁有夢想，便有堅強的理由

今天低級的欲望，垂手可得，高級的夢想，要克制才能得到。學生自報這個「勇闖富士山」之旅，他們就開始揹著勇氣出發，重新認識那不一樣的自己。

一位女生跟我分享參加這活動的原因，她決定放手一搏，令我深受感動，她說：「訂定這目標不是為了要威風，而是為了在過程中，學會成長與堅持。她說她要拿青春去探索人生。她想獲得不曾擁有的東西，所以她必須嘗試從未做過的事。」

因這女同學正是我的小組隊員，我看到她的體能沒有比別人好，她的登山前訓練及登富士山的過程，都是「力量不足輔以毅力補救型」。我想，這女同學比實現夢想登頂的瞬間還要珍貴的，是她那堅持夢想，敢於面對自己的過程。

在富士山 3400 米高的八合目，我好奇問她究竟有什麼動力，叫她能一直勇往直前？她的回答叫我直到今天仍不能忘記：報了名交了錢，無路可退，自己就有決心面對；別想太多，做就對了，最大的對手，不是別人是自己；跟自己競賽，與他人合作，Let Go, Move On！

我在想這女學生的心聲，豈不是向我直接展現「成長心態」關鍵元素嗎？

永保好奇
勇於改變
無懼冒險
在失敗中成長
在成長中探索

有時生命教育，就是送一份共同「冒險犯難」的禮物，讓日光風雨代替保護，讓陪伴代替說話。想保護孩子？最危險的，反而是讓他們什麼都「不敢」。

人生就像茶葉蛋一樣，有裂痕才入味

托爾斯泰曾說過：「不，我根本不累，人只有在舉棋不定，無從把握的時候才感到疲倦。只要去行動就能獲得解放，那怕做得不好，也比無所作為強。」

在27個學生中，有一個男生讓我記憶特別深刻，他在出發前的兩星期仍是典型的「媽寶」，書包是小學生有滾輪的用拉的上學，他對事情愛理不理，體能不好，卻無視嚴重的後果，至於登山防水及保暖衣物的準備，更是慘不忍睹。直到出發前十多天，收到校長跟他及家長「深談」，他這樣的表現有很大機會只能待在五合目，不能跟我們上山。其後他就抓緊剩下的十多天，決心給自己一次真正的機會，他將勤補拙每天跑步，認真準備起行前的物資，補回所有遺漏的，展現出真正改變的決心。

自那天校長作最後通牒後，他在整個登富士山的過程中，頓變成了另一人，他的每個行動及眼神都充滿決心，他的改變得到全隊所有人的認同及欣賞。

我們不能改變任何一個人，除非他自己決心改變！很多人不改變，總説我沒有這個，沒有那個，缺這個，缺那個，等這個，等那個，因為這個，因為那個……

其實你真正缺乏的就六個字：做決定，現決心。

這一個過程，我想這個同學，深深體會到：

人最大的勇敢是面對真正的自己
沒有失敗的人，只有放棄嘗試的人
當你相信自己，其他人也會相信你

下山，是新人生開始。

塑造我們的不是經驗本身，而是我們賦予經驗的意義。

下山後那一個晚上，我們跟學生來了一個深談，學生分享富士山給他們人生上了怎樣寶貴的一課。我深深被學生的分享而感動：

「有些事，自己不做不會怎麼樣，但做了就很不一樣」

「原來當你搵到樣嘢證明自己，個樣嘢可以跟你一世」

「做了自己做不到的，我成長了；經歷從未經歷的，我們懂得了」

「勇氣就是在面對恐懼時，仍能為做對的事去做正確決定的能力」

「堅持！不一樣的自己，是熬出來的。」

（還有太多未能盡錄）

執筆致此，作為生命培育工作者，我想我能因這個「勇闖富士山」能與同道中人邱校長實踐教育夢及一眾學生們華麗蛻變而說：我的2024，無憾無悔！

校長的邀請與我的抉擇

非一般的遊學團

曾慶山老師

東華三院甲寅年總理中學

學期初，校長向我提及她計劃於今年舉辦一次富士山的遊學團，並邀請我擔任帶隊教師。當時，我心裡有些猶豫，因為我曾登過富士山，這樣的機會應留給其他同事較好。然而，我轉念一想，校長既特意邀請我，想必有其考量。或許是因我平日有規律運動的習慣，體能相對較佳，能勝任這項任務。再者，從職責的角度而言，學校活動本屬教師的工作範疇，我並無理由推辭；

從個人層面來看，我亦不擅長拒絕他人，且此行不失為一次讓我學習海外帶隊的契機。此外，我曾從五合目登上富士山，覺得過程尚算輕鬆，因此我向校長表示若有需要，願意擔此重任。

挑戰超乎預期

根據我的經驗，登富士山的常規行程並不困難。安排兩日一夜的行程，把不必要的物品留在山下旅館，第一天輕裝上陣，從五合目攀登至八合目，體力較好的學生僅需六小時便可完成。只要時間充裕，體能一般的學生也能在日落前抵達八合目。第二天清晨，穿戴足夠的禦寒衣物後，便可出發登頂。

然而，這只是我最初一廂情願的想法。事隔一段時間，校長再次找我商討登山細節，我才意識到事情並非如此簡單。原來這次計劃並非僅僅是輕鬆登頂打卡，而是更具挑戰性的任務。校長解釋，此行的主題是「以恆毅成就卓越」，目的在於讓學生從零開始，體驗過程的價值，而非僅單純追求結果。校長在價值觀教育方面是專家，我當然對她的決定深信不疑。然而，要求學生將所有在日本旅程的物資，由山腳的淺間神社背負上山頂，這種安排對體能和意志可說是極高的要求，超乎我的預期，相較於當初答應校長時的輕鬆心態，我不免多了幾分擔憂。

準備工作的艱辛

若按照校長的計劃，學生需要背負十多公斤的背包登頂，成功登頂的難度將大大增加。如果學生平時缺乏運動，恐怕只有過人的意志力才能完成。此外，與其他交流團不同，這次旅程需要學生具備足夠的體能，並非毫無準備即可成行。登富士山具有一定的危險性，因此在正式出發前，我們安排了多次訓練及戶外實習，並定期檢視學生的體能狀況，確保他們能夠應付這次挑戰。**當下，我對這次旅程充滿敬畏，也不禁擔心學生的能力能否應付如此嚴峻的挑戰。**

同時，我也感到壓力倍增。一方面，我擔心學生無法完成登頂任務；另一方面，這次活動的難度遠超我的預期，我擔心自己無法兼顧教學及其他行政工作，尤其是數學科的教學。外界常認為教師的工作輕鬆簡單，可實際上，帶隊工作背後需要付出大量時間與心力，包括與學生、家長、校長及相關機構作多次溝通，處理大大小小的問題，收集學生資料、收發通告、篩選合適人選，檢視學生的進步情況，並與學生一同練習，準備結集校刊等等。為了確保其他工作的質量，我只能犧牲更多的私人時間。但既然已經勢在途上，就只好迎難而上。

挑選人才的挑戰

由於這是非一般的登富士山，我認為挑選體能合適的學生是此行成敗的關鍵。當我收集完所有報名學生的資料後，向校長提交了初步人選。然而，校長甚具前瞻性，他認為體能不足並非關鍵，最重要的是學生是否有決心完成這項壯舉。最終，衡量學生的體能及心態，三五成群形成了這支「雜牌軍」。

我當然希望每位體能不足的學生都能如我一樣脫胎換骨，但現實中，這又是否真的可行？對此，我心中仍有疑處。但經歷過這趟旅程後，卻令我有更深的體會。

> 我曾經也是一個胖子，深知只要有決心，便能改變一切。就像當年的我，連續三個月每日跑步，最終在校內長跑比賽中奪得冠軍。

推薦序

一堂生動的
價值教育課

李子建教授

香港教育大學教育發展與
創新學院院長
香港教育大學宗教教育與
心靈教育中心總監

我以往時間較充裕時，間中會在香港特區「行山」，走一些較易行的路徑，欣賞一下沿途美景，亦會偶爾登上（坐纜車或坐汽車，然後走一段路）一些內地名山，例如泰山，佛教名山如峨眉山，道教名山如三清山等。如果要完全憑藉自己「爬」上山或「登」山，這對我而言較為遙不可及。

我在網上看到一些消息，提及富士山[1]「登頂——感受超越極限的力量」。富士山在2013年被聯合國列為世界文化遺產，不少山岳信仰者或者日本人認為富士山是聖地[5]，在地理的角度而言，富士山是一座活火山，因此登上富士山具有多重的意義。

現代世界發展日新月異，我非常榮幸受邀為東華三院甲寅年總理中學一次特殊旅程紀錄撰寫序言。邱春燕校長和老師們帶領27位學生攀登富士山，這不僅是一次體能的挑戰，更是一場精神的洗禮，主題為以「恆毅成就卓越」。

這本書詳實地記錄了他們從準備到攀登，再到登頂慶祝的全過程，每一階段都充滿了挑戰與成長。家長、學生和老師的真摯分享，顯示出面對困難時不屈不撓的勇氣和堅定的意志。這些年輕人的故事是對價值教育最生動的證明。他們一步一足印地克服重重困難，最終成功登頂。這不僅是對個人極限的超越，更是一次相互支持的團隊精神的展現。

老師們不僅是指導者，更是學生在面對挑戰時的心靈夥伴。這次登山活動證明了教育的力量不僅限於課堂內，更延伸至生活的每一個角落。對當今的年輕人來說，逆境並不是終結，而是塑造自我、學會堅持與克服困難的起點。每一次的挑戰都是成長的契機，每一步的努力都在為未來鋪路。希望這本書能激勵更多的年輕人，讓他們學會在挑戰中找到自己的方向，照亮自己前行的路。

我期待這本書能啟發家長、老師及社會能更多關心和支持年輕一代，共同為他們的成長和未來努力。讓我們一起在價值教育的正面引領下，培養出更多卓越的年輕人，共創一個充滿愛與希望的明天。

子曰：「知者樂水，仁者樂山。」[4]（《論語．雍也篇》），仁者心中求靜，以山自勵。在安全和條件許可的情況下，我們可以多看山水，多感受大自然的力量，以及理解名山背後的歷史，文化特質和地理特徵，對培養自己的品格和修養，或有一定的裨益。

聲明

本文感謝何振聲博士所提供的資料和幫助。本文的觀點為作者個人的看法，並不代表香港教育大學的立場和觀點。

參考文獻

【1】 邱劍英（2016–09–28）。富士山上對話人生。天下雜志。取自 https://www.cw.com.tw/article/5078576?template=fashion

【2】 Japan Endless Discovery（無日期）。靈性場域，文化象徵與地理奇觀。取自 https://www.japan.travel/hk/fuji-guide/mt-fuji-more-than-a-mountain/

【3】 gov-civ-guarda（無日期）。富士山。取自 https://zh.gov-civ-guarda.pt/mount-fuji

【4】 香港中華文化發展聯合會（無日期）。〈博古通今〉：《論語》中的智慧——「知者樂水，仁者樂山……」。取自 https://hkccda.org/2023/05/23/33chinese/

【5】 黑波克（2021–11–21）。日本人與富士山（上）：對富士山的恐懼，轉化為修行者「登拜」的山岳信仰。TNL Mediagene。取自 https://www.thenewslens.com/article/158100

生命的真諦與價值

郭一葦教育基金

作為登富士山贊助基金的代表，我見證了東華三院甲寅年中學校長、老師和同學們的奮鬥與堅持。一群香港中學生，能夠成功登頂富士山，無疑是一件難能可貴的事情。他們在這次挑戰中經歷了重重磨練，最終站上山巔，這段旅程不僅帶給他們體能與毅力的考驗，更讓他們深刻領悟人生的啟迪，成為生命中一個重要的里程碑。

這次富士山登峰之旅本身就是一個神蹟，因為神的同在使一切成為可能。記得在一次聚餐中，邱校長提到籌備這次活動時，因經費不足而面臨重重困難。我當時毫不猶豫地回應：「Count me in。」正是這份信念和行動，在神的帶領下，使這次活動得以一步步促成，讓學生們有機會踏上這段充滿挑戰與啟發的旅程。

聖經耶利米書29章11－13節這樣說：

Jeremiah 29：11－13

"For I know the plans I have for you," declares the Lord, "plans to prosper you and not to harm you, plans to give you hope and a future. Then you will call on me and come and pray to me, and I will listen to you. You will seek me and find me when you seek me with all your heart."

人生並非一帆風順，也不總是名成利就，但正因有上帝同行，我們能夠在困難與挫折中找到力量與希望，最終跨越阻礙，體會生命的真諦與價值。

富士山的高度是有限的，但它帶給攀登者的啟發卻是無窮的。願這次旅程成為他們生命中的一個重要時刻，也願我們都能以從山巔俯瞰的視角，探索更豐盛的人生之路。

用腳步走出 心靈的高度

陳敏兒

幸福生活協會創會會長

在閱讀這本書之時，我心中浮現一個字：「同行」。這本書不是一個壯舉的紀錄，而是一段關於成長、關係與靈魂淬鍊的旅程。

我們身處一個常以「唔捱得」、「躺平」形容年輕一代的時代，但這本書以行動回應了這些標籤。東華三院甲寅年總理中學邱春燕校長，與27位學生及老師，選擇以雙腳踏上日本最高峰富士山。他們揹負的不單是十多公斤的裝備，更是每人心中的懷疑、恐懼與限制。這場歷時三日兩夜的登山，不只是挑戰海拔，更是一次跨越內心高牆的冒險。

我特別感動於書中所描述的「陪伴」與「以身作則」——邱校長不只是領導者，更是同行者，親身與學生同訓練、同流汗、同忍痛，一起面對酷熱與風雨。在那一刻，她不再只是校長，而是一位同行修行的人，以身教活現出什麼叫做「恆毅成就卓越」。

這本書也真實展現了每一位學生的掙扎與突破：體能不被看好卻堅持到底；發燒中仍不言棄地完成挑戰；甚至是那些在八合目停下腳步的學生，他們的選擇和懊悔，也在成長中留下獨一無二的印記。這些都不是弱點，而是人成長最真實的模樣。

這本書是一場教育實驗，更是一場生命修煉。它讓我們看見：真正的教育，不在課室，而在同行中；真正的成就，不是登上山頂，而是在每一步前行中找到自己的力量。

我們感動的，不單是他們的故事，而是我們每一個人在人生高低起伏中，尋找勇氣與同行者的故事。

謹以此序，獻給每一位願意「攞苦嚟辛」的靈魂，願你也找到屬於自己的一座富士山。

下山後再回望山，
那已成為我們
成長的里程碑
拍攝於二零二四年七月七日的靜岡縣

一般車用

拍攝於第二次訓練的大帽山。

一個好的開始

鄧雨澤

當得知可以報名參加富士山登山團的那一刻，我的內心像被投進一顆小小的石子，激起層層漣漪，久久難以平靜。這不是普通的旅遊，而是一次挑戰，一次跨越自我的契機。富士山，這座被譽為日本象徵的壯麗山峰，一直是我心底嚮往的地方。那高聳入雲的輪廓，那清晨日出灑落山巔的金光，彷彿承載著無數人對自由與夢想的追求。即使只是遙想，心中早已熱血沸騰。可隨之而來的，卻是種種矛盾與掙扎，讓我猶豫不決，難以抉擇。

內心的矛盾與掙扎

「我真的行嗎？這樣的挑戰會不會過於膽大了？」當時的我坐在書桌前，手中緊握報名表，指尖卻微微顫抖。內心的兩個聲音不停地交戰，一方面，我無比渴望參加這次活動，它對我來說不僅是一次旅行，更是一次自我成長的機會。富士山的壯麗，從小就在我的心中埋下夢想的種子，這次難得的機會，正是讓它生根發芽的契機。另一方面，對未知的恐懼卻如湧浪般襲來。我害怕天氣突變，害怕體力不支，害怕意外發生。這些憂慮像一隻無形的手，緊緊地攫住我的心。

就在我踟躕不決時，傳來母親的聲音，打斷我的思緒。「兒子，你在看什麼？」她走過來，看到我平板電腦上的報名表格，眉頭立刻皺了皺。果然，家人對這件事終歸是反對的，成為了我內心掙扎的另一重壓力。

「媽，我想參加學校組織的富士山登山團！」我鼓起勇氣說出來，雖然語氣中略帶試探。母親愣了一下，隨即搖了搖頭，語氣變得嚴肅起來：「不行！那麼危險的地方，你一個人怎麼行？萬一出了什麼事怎麼辦？」

我早就預料她會如此反應，可還是禁不住低聲嘆息。「媽，我知道會有困難，但這是一次難得的機會。我真的很想挑戰自己，想看看外面的世界！」我試圖讓自己的語氣溫和一點，但話語中仍帶著一份堅定。

「挑戰自己？外面的世界？你還小，急什麼呢？富士山那麼高，那麼險，你以為是簡單郊遊嗎？」母親的語氣越來越重，甚至顯得有些不耐煩，「你不曾看見新聞指日本有地震嗎？還有一些意外事故，這次活動太危險了！」這時，連一直在沙發上看報紙的父親也抬起頭來，皺著眉說道：「我覺得你媽說得有道理，這次就算了吧。安全最重要，明白嗎？」

說服家人的過程

面對父母的反對，我的心情沉重極了，但卻沒有放棄。我知道，如果不努力爭取，就只能眼睜睜看著這次難得的機會從指縫中溜走。我跟母親認真地說：「媽，我明白你們的擔心，也知道你們一直為我著想。但我真的很希望你們能支持我，這次登山不是一場莽撞的冒險，而是一次經過仔細計劃的活動。學校有專業的導師帶隊，整個行程都會有完善的安全措施。我已經查過資料了，富士山的登山路線有很多是適合初學者的，只要遵守規則，風險其實是可以控制的。」父母聽到我這番話，神色稍微緩和了一些，但依然未被完全說服。母親低聲嘟囔了一句：「可是……真的那麼安全嗎？」

「媽，這次活動對我來說，不僅僅是一次旅行，更是一次成長的機會。」

我繼續說，語氣中帶著些許懇求，「我一直都希望能挑戰自己，超越自己的極限。這次登山，不僅是對身體的考驗，更是對意志的磨煉。我不想因為害怕困難，永遠停留在舒適圈裡。你們不是一直希望我能變得勇敢獨立嗎？」

我這番話似乎觸動了母親的心，她看著我，眼神中多了一絲掙扎。父親沉默了片刻，終於說道：「如果你真的決定了，那就要做好安全的準備。安全永遠是第一位，知道嗎？」看到父親的態度有所軟化，我心中一陣激動，連忙點了點頭：「我一定會的！我會提前做好功課，訓練好體力，也會聽從導師的指導，絕對不會讓你們擔心！」這一刻，我的內心如釋重負。

同學的支持與鼓勵

在說服家人的過程中，同學的鼓勵也給了我很大的支持。同學們是第一個知道我猶豫不決的人，他們聽我說完，立刻拍拍我的肩膀，大聲說：「你怎麼還在猶豫呢？我們一定要一起去！站在富士山頂看日出，這是多難得的經歷啊！」「可是……我總覺得有點害怕。」我低聲說。

「這有什麼好怕的？再說，我們不是還有校長老師和同學一起嗎？你不是總說要挑戰自己嗎？這次機會就是為你量身定做的，別再猶豫了！」朋友的話語中充滿了自信和鼓勵，像是一道光，驅散了我心中殘存的陰霾。「好吧！」我終於點了點頭，露出一個堅定的笑容，「我們一起去，挑戰人生的高峰！」

報名一刻的感動

最終，在萬般掙扎後，我緩緩地在報名表上填下自己的名字。填下表格的每一個字，都像是在為自己的夢想寫下承諾。我還在報名表格裡，寫下了自己的理想和願景：「希望通過這次活動，挑戰自我，學會堅持與勇敢，並且在富士山頂迎接人生中最難忘的日出。」當我將報名表交出去的那一刻，內心的掙扎和矛盾彷彿都化作釋然。我知道，這僅僅是個開始。真正的挑戰，還在未來的山路上等待我。無論如何，這一步，已經讓我跨越了內心的恐懼，邁向更廣闊的世界。

掙扎與堅持

胡楚昕

當我報名富士山登山團以後，我的內心其實依然認為這次富士山之旅只是單純地到日本，把富士山當成整個行程的其中一環，而非此行的重點，對此可謂不甚重視。

直至我被告知，所有參加的團員都需要進行大量的體能訓練，連校長和幾位帶隊老師都不例外。那刻，我幾乎要被直接勸退，畢竟我最初參加這交流團的目的，不過是想親身往日本實踐過去一年所學的日文而已。但我的內心深處又隱隱有一把聲音：「這麼難得才有一次機會到日本，有機會親身實踐你過去一年所學，能否發揮所長，還有這麼一個機會去攀登富士山這座生命的高峰，你還會選擇放棄嗎？」

拍攝於第二次訓練的大帽山。

我想過退出

於是，我便咬緊牙關，繼續留在這富士山團之中，日復一日地進行那些令人叫苦連天的體能訓練，每當感覺自己快要不行時，我就在心中質問自己：「之前都堅持下來了，現在才說退出？開什麼玩笑！」直到我們第一次遠足訓練，突如其來的雨，差點失散的朋友，無不向我訴說富士山之行的本質，原是一場多麼危險的挑戰，更深的內心掙扎，是觸手可及的安全之路——退出，一直撕扯著我的內心。我想過退出，但又無法割捨這次來之不易的機會，最後我選擇破釜沉舟，告訴自己再無退出這一選擇，直面富士山之行。

其實現在回想起來，我突然發現這種背城借一，背水一戰的方法，也許是一種面對學業，甚至面對人生的方法，如現在正執筆的我，曾經不止一次與身邊好友開玩笑，說自己文憑試的成績若考不上大學的話，就去快餐店賣薯條云云，但老實說，這種想法又何嘗不是為自己留下條退路呢？心中總懷抱著這種自欺欺人、自暴自棄的想法，又如何去進步？如何力爭上游？如何去突破自我，尋找最好的自己呢？

征服九龍坑山山頂

拍攝於第一次訓練——九龍坑山

走得快不如走得遠

劉欒希

那天，我們一行人來到九龍坑山下，懷揣著對未知旅程的期待，開始這次登山之旅。教練耐心地講解著，從登山杖正確的握法到如何借助登山杖的力量減輕腿部負擔，每一個細節都至關重要。

突如其來的挑戰：雨中起行

然而，正當我們準備好，滿懷信心地踏上登山之路時，天空突然下起雨來。一開始，只是淅淅瀝瀝的小雨，大家還不太在意，以為只是短暫的陣雨。但雨勢越下越大，連全身衣物及裝備都濕透了，我低頭看著濕透的衣物和背

拍攝於第一次訓練 —— 九龍坑山。

囊，抬頭看著冰冷的雨水打在身上，那種不適應的感覺瞬間湧上心頭，心中開始有了放棄的念頭，畢竟以往登山都是在天朗氣清之時，這次雨天登山會順利嗎？

雨水從天空落下變成一條條小溪，但我們沒有退縮，開始按照計劃第一次分組合作登山。當時以為經過前幾次小訓練，團隊合作對於我來説已經不再是一個陌生的概念，我們團隊的合作會十分完美，但在實際登山過程中，才發現我們的默契尚有不足——無法維持隊形，有人走得快，有人走得慢，很快就出現了拋離隊形的情況，更有無法聯絡隊員的情況出現。

從錯誤中學習：重新理解團隊合作

這讓我意識到，團隊合作不僅僅是有共同的目標就可以，還需要成員之間互相配合、互相理解、互相扶持。過去的我，在團隊中可能更多地關注自己的表現，而忽略了與他人的協作。自這次登山後，讓我明白到只有整個團隊共同前進，才能順利完成任務。

在登山過程中，我們不斷地調整，努力適應彼此的節奏。雖然過程並不順利，但每一次的調整都讓我們更加瞭解彼此。當有隊員體力不支時，其他人會主動伸出援手，幫忙背背包或者互相攙扶。這種相互幫助的場景，讓我感受到團隊合作的溫暖。同時，我也在思考，如何才能更好地發揮自己在團隊中的作用，如何更好地與他人溝通協作，讓團隊更加和諧，也讓我感受到團隊合作的重要。

拍攝於第一次訓練時／
不曉風雨，無畏的我們／
深刻的一課 —— 裝備的重要性。

艱難的決定：安全為先的轉折

當我們即將登頂時，卻因為陰雨天氣，視線受阻，山路變得更加濕滑危險。經過慎重考慮，教練決定帶領我們下山。在下山的過程中，漆黑一片，我們只能依靠頭燈認路。斜坡濕滑，每走一步都要小心翼翼，稍有不慎就會摔倒。我就因為腳下一滑，摔倒在地，膝蓋和手掌都擦破了皮。那一刻，我終於明白，為何教練要花大量時間教導我們使用登山杖以及正確穿登山鞋的方法，此刻我也深深體會到登山鞋及登山杖的重要性。

這次登山的挫折，讓我反思自己在面對困難時的態度。過去的我，遇到挫折可能會一蹶不振，陷入自我懷疑，不斷自我否定。但這次，雖然心中有些失落，但我卻能從失敗中總結經驗，吸取教訓。在人生的道路上，不可能一直一帆風順，遇到挫折無可避免，關鍵就在於如何從挫折中站起來，只要站起來，便有動力繼續前行。同時，我也意識到，做好充分的準備是多麼重要，無論是物質上的準備，還是心理上的準備，不但需要齊全的裝備來保護自己順利登山，同時也需要一顆永不放棄的心，才能與隊員一起走得更遠。

這次登山經歷，是我人生中的一次寶貴財富。它讓我看到自己的成長，也讓我深刻體會到團隊合作的力量。同時我也期待著下一次的登山之旅，期待著在新的挑戰中，繼續成長，繼續獲得更多。

香港訓練手記2 九龍坑山

團隊中的溫暖

彭芯怡

第一次的登山訓練地點定在九龍坑山，這座山位於新界，海拔不算太高，當我知道要登九龍坑山的時候，我並不慌張，甚至胸有成竹，相信自己能順利地登山。但我卻沒想到，這次登山經歷會為我帶來不一樣的登山體驗，也讓我從中獲益良多。

到達登山口附近，教練一遍一遍地教我們使用登山杖，例如怎樣可以在登山爬樓梯時更省力，以及登山杖的正確用法。我想：「爬九龍坑山而已，不用登山杖也可以，為什麼要花時間去講解呢？」但讓我想不到的是，登山杖竟在這次登山過程中成為我的「救命稻草」。雖然覺得很不耐煩，但是我還是很認真的把教練說的話一字一句都牢記於心。

從前，當我遇到不會的東西往往會退縮，也沒有學習新事物的動機，但當有了這次學習使用登山杖的經歷，在遇到新挑戰時也不會退縮，而是迎難而上，勇於學習新東西，把他們牢牢地記在腦海裡。

一場突如其來的試煉

當我們準備上山的時候，突然下起了小雨，那時候我們都不太在意，以為很快雨便會停，誰知雨竟越下越大，很快每個人都淋成了落湯雞，我們相視一笑，卻沒有任何抱怨，利落地備上雨具便毅然冒著大雨上山了。

這場大雨就像對我們所有人的考驗，考驗我們是否能在惡劣天氣中勇往直前，考驗我們是否真的能衝破障礙。以往我一遇到困難挫折，就會退縮，不願面對一切困難，而是想「躺平」，任憑風吹雨打。但在這次大雨登山的經歷裡，教會我如何面對生活中的挫折，現在的我遇到困難不會再退縮，而是像當初那樣在大雨裡前行，不向命運低頭。

雨簾吞噬了所有顏色，只留下水墨畫般的灰與黛，石階在頃刻間化作湍急的溪流，登山杖戳進泥濘的聲響，像是大地發出沉悶的歎息。以往爬九龍坑山都是在大晴天，風景靚麗，氣候適宜，然而，這次爬山我抬頭看見的不再是風景，而是滂沱大雨，然而我心中的火苗仍越燃越旺。

團隊協作的缺口

與組員們一起初次登山，大家爭先恐後地排在前方，隊伍十分混亂，也不清楚人數是否有缺失。我以為這次登山，彼此應挺有默契，卻是事與願違，在登山過程中有人走得快，有人走得慢，最後整個隊伍的距離相差很大，反映出組員們默契不足的情況。

認識我們的搭檔 —— 登山杖。

夜晚八點，我們被狂風暴雨困在了九龍坑山。

在下山的時候，甚至出現有隊員失聯的情況。這讓我明白到團隊合作的重要，作為一個團隊，不該只顧自己，而是要顧及到其他隊員，控制速度，每隔一段時間就要點算人數，顧及到每一位隊員的需要和速度。只有大家互相合作照料，才能更順利地完成登山的任務。到後來，組員們開始互相分享食物和水，還有幫助體力不支的隊員背背包，展現出團隊合作應有的力量。這讓我開始反思，從前做事大多只專注自己，而忽略了其他組員，我明白到作為一個團隊，我們要互相溝通、彼此瞭解，才能展現出團隊的力量。

教練的提醒與反思

後來我們在一個涼亭歇息，教練開始給一點指導。他說我們登山最大的問題在於團隊合作不足，大家缺乏溝通，也缺乏對組員的關顧，才會出現種種的問題，並建議我們「走得快不如走得遠」。我也同意，只有齊心協力，互相關顧，調節速度去配合不同組員的需要，才能走得更遠，才能在不久的將來登上日本富士山。

登山也是成長的旅程

回程路上，夜色在我眼前掠過，腦海中浮現的畫面歷歷在目：由山腳到俯瞰高樓、由不安的心變成堅韌的意志、由最初紀律散漫到最後團結一致……這天，我與團隊共同邁出登頂富士山的第一步，更在成長的路上跨越了一大步。

的確，這次登山的過程除了讓我的體能有所長進，更重要的是讓我學習了團隊的重要性。這種團隊合作的精神，直到今天我仍然銘記於心，大家共同進退，彼此成長，共同收穫，才是一個完整的團隊，一次難得的歷練，也是一場完美的歷程。

拍攝於二零二四年四月二十日的九龍坑山。

未完的故事

陸凌烽

大帽山——一座香港非常著名的山峰，當我得知在攀爬富士山之前，我們將組織一次大帽山的適應訓練時，我既開心又激動，因為我認為這是一次不可多得的好機會，可以跟教練、校長、老師和同學們一起全副武裝地去爬這座我尚未涉足過的高山。在爬山前的那一晚，我的夢裡被美輪美奐的山頂風景所充斥著，仿佛置身蓬萊仙境之中，俯瞰屬於香港城市的落日餘暉。那夜，我徹夜未眠……

在山腳下，我們一夥人圍成一個大圈，學習如何綁適合上山的鞋帶，還檢查了爬山的物資，最後在教練的帶領下完成了簡單的熱身。接著，我們就分成三隊依次地上山。我、茶包教練和方老師一組，是三組中最後一組。山腳的風微涼，清風拂面，春暖花開，溫柔的陽光輕輕灑落在我們身上，給我們這群人披上金色的衣裳。

拍攝於六月二十三日，我們臨近大帽山頂。

體力漸失，挑戰悄然來襲

在愜意中我們開始了登山之旅。最初的坡度並不陡峭，是較平緩的瀝青路，路上還經過許多小屋，遇到很多和我們一樣的外國友人，我們彼此問好，激勵對方。一開始我還覺得蠻輕鬆的，即使身負厚重的背囊，我也充滿活力，可隨著時間的推移，肩膀開始越來越沈甸甸的，還時不時傳來痛楚，我開始意識到體力開始漸漸透支，登山似乎也並非那麼容易，漸漸產生了想休息，想放棄的念頭。

經過幾個小時的長途跋涉，我們終於抵達了山腰的涼亭，追上其他兩隊的步伐。抵達涼亭的那刻，我才終於舒了口氣，卸下沈重的包袱，癱倒在地上，根本沒理會地上佈滿灰塵的碎葉與積泥，彷彿抓住救命稻草，終於可以解脫的感覺，可在登山者的世界，輕鬆的時光總是短暫的，來不及好好休息又要啓程了，繼續向山頂進發，我只好拖著疲累的身軀，邁著沉重的步伐繼續趕路。

山路難行，還是要行

從山腰到山頂的後半段路程，變得越來越曲折難行，坡度急速上升，滿佈更多碎石的泥巴路，往往需要在溪流之間，在萬木叢生的樹林雜草裡穿梭，令整個行程變得越發困難，很多隊員也出現體力不支的情況，那刻，我們開始互相幫助，互相打氣。一些有力氣的男同學會幫女生分擔背囊的負擔，也會遷就女同學的情況，給予他們足夠的休息時間。那一刻，我感受到一群人的團結和整合的力量，我們拋棄過往對登山越快征服越好的觀念，反而選擇一起順順利利、平平安安的抵達山頂，「不求登得快，但求登的團結，登的一致，登的漂亮！」

夕陽引路，終點在眼前

在幾個小時的互相扶持下，我們一夥人終於看到山頂，在山頂上，那黃昏落日的光芒顯得越發耀眼，引領著我們前往，即使體力已到達極限，意志精神和毅力仿佛變成了我們的血肉，讓我們不斷昂首前行。一路上沒抱怨，沒譏笑，只有偶爾的調侃與暖心的慰問，在這樣的環境下，我們一行人真的做到了！我們真的爬上山頂，俯視著香港一棟棟矗立的摩天大樓、一望無際的港灣海水，那夕陽映照得晶瑩剔透的餘暉。這般風景無疑是我夢中的蓬萊仙境，分毫不差。所有人都癱坐在地上，靠著傾斜的瀝青路，任由溫暖的夕陽灑落在臉上，灑落在滴滴汗水上，映出顆顆星星，是我們團結與勝利的耀眼曙光。

下山的路是輕鬆的，享受的，夕陽西下，慢慢隨著城市的邊沿往下延伸，我為這如詩如畫的風景感到欣喜，卻又為這短暫的絢麗感到惋惜，我承認我並沒有看夠這次爬山的風景，我要說，我更貪婪地想著下次富士山之旅一定要盡情享受。

我堅信故事未完，一切尚在繼續——

拍攝於六月二十三日的大帽山。

走出課本
成就不一樣的我們

從淺間神社開始的挑戰

當沒有退路堅持還是放棄？

胡楚昕

當天我們早早便起床，匆匆吃過早餐後，一行人便坐旅遊巴到達富士山山腳下，只是跟大部分同樣走吉田路線的登山客不同，我們是從山腳的淺間神社出發，而不是從五合目出發。我們跟從各自的帶隊教練，背負著自己的登山包，一邊按照之前訓練所學，調整自己的呼吸，一邊大步向前，走進眼前一片翠綠的森林。

腳下每一步，都是意志的延伸

走在泥路上，撥開阻擋著我們前行的零星枝葉，我突然感到「世上本無路，自有創路人」這句話是多麼真實，腳下的泥路傳來的真實感，是無數曾經走過這條路的一眾「朝聖者」，一步一足印的走出來，今天，我們也理想

拍攝於七月五日的富士吉田市。

當然成為這些「朝聖者」的其中一員。慢慢地，我們從泥路走到水泥鋪成的車道，於我而言，這段水泥路是這天走得最艱辛痛苦的一段，因為水泥路比其他的山路堅硬不少，在負重約十公斤的情況下走得久了，我的腳掌也不免產生一點不適感。

儘管飽受不適，沿途的風景仍吸引我的注意力，鬱鬱蔥蔥的林葉，圍繞著花間起舞的審蜂，一呼一吸，都能清晰地感受到泥土與木葉的清新氣息，連迎面而來的和煦微風，都化身為風之精靈，一路陪伴在我身旁，鼓舞著我一直堅持。從泥路走到水泥路再回到山路，**一路的婉轉曲折之苦，最終化成我到達五合目小屋時的成功感。**這一段登上五合目的「長命斜」，可以說是我整段旅程中最倍感煎熬的一段。始終這段路不存在甚麼難以攀登之處，只需要昂首向前，不斷奮進。

三萬五千多步的突破

九個小時，十三公里，攀升一千四百米，令我一邊走，一邊想：「還有多久？還有多遠？是時候放棄了嗎？」但我在下一秒就想起校長曾在開學禮時提及過「沒有退路只有堅持」的訓語，暗暗告誡自己，都已經來到日本，來到富士山了，踏上此行的第一步，還應有「放棄」這一選項嗎？要麼走到山頂，要麼……還是直走到山頂吧！

既然已無退路，那就摒棄那不切實際的念頭吧！拿出自己所有的意志，證明給自己，證明給所有人看看，你做得到的！最後真的憑著心中這股狠勁，撐到了五合目小屋，完成了當日的行程，拿手機一看，頓時被計步器嚇了一跳，那是從未出現過的三萬五千多步，簡直令人難以置信！

這一天發生的一切，深深烙在我的腦海裡，我們面對挑戰時，是放棄？還是堅持？這天之後，我知道自己的選擇傾向後者，畢竟，我已是成功挑戰「日本第一山」富士山的人，未來，還有甚麼比爬「長命斜」更難的事嗎？

我們出發啦！

團結是登山的重要裝備

魏明宇

二零二四年七月五日——登富士山的第一天，我的心情既興奮又複雜。然而，今天的經歷讓我久久不能平靜。躺在床上，看著身邊已經入睡的隊友，我閉上雙眼，腦海中滿是今天發生的點點滴滴。

我們今天的目標是登上五合目！這是一段約 14.6 公里的路程，從海拔約 764 米攀升至 2200 米的五合目。這段路程讓我感到每一步都在跟重力爭持，雙腳仿佛灌了鉛，沉重得難以移動……大約下午四時，我和隊友終於完成了第一天的目標。儘管身體疲憊不堪，我們依然躺在馬路上合影，記錄下這勝利的喜悅。

拍攝於佐藤小屋外，我們的改變悄然發生。

每一次喘息都是為了
下一段更遠的路。

最美味的慰勞：咖喱飯與風景的盛宴

好不容易到達五合目，迎接我們的是大門口的鷓鴣，牠啾啾地叫，彷彿在迎接我們到來。我跟隊友放下登山包後，飛快往客廳衝去，因為我們聞到香噴噴的日本咖喱飯了！熱氣騰騰的咖喱飯如同珍珠般誘人，每一粒米飯都散發出濃郁的穀物香氣，令人垂涎欲滴。登山旅程，幾乎耗盡我們的體能，我們餓得飢腸轆轆了！於是大家狼吞虎嚥，風捲殘雲，不消一會便吃光一整桶飯，甚至連黏在桶邊的米飯也絕不放過，感覺這是前所未有的山珍海錯，佳餚美食！

飯後，我們來到旁邊的小徑看風景，湛藍的天空，雪白的雲朵，碧綠的大地，群山環繞，青山綠水，彷彿是一幅天然的巨型畫卷，猶如置身人間仙境，讓人歎為觀止，沉醉其中。看著面前的群山，我不禁回想之前艱苦的登山訓練，以及登山途中的艱難，汗水浸潤的種子破土成芽，終迎暖陽花開，這一切都值了！林濤掀起翡翠浪，山風銜來凱歌長，每一片葉的震顫都是未署名的勳章，我張開雙臂，如鷹翼截獲長風，勝利的餘韻在松針間簌簌流轉，雲朵正把我的喜悅謄寫在富士山的天際線！

離隊小插曲：團隊的試煉與成長

晚上，我們聚在小廳一起討論今天遇到的問題。隊友指出在大家的體能明顯下降時，我和幾個隊員脫離隊伍，獨自前行令團隊分散。我跟幾位隊員解釋，因登山時間比原定計劃遲，加上溫度明顯下降，長時間停留只會更容易感冒云云……客廳像一座小型火山，每句話都是噴發的岩漿，爭論如同兩股湍流對沖，大家議論紛紛，激起層層浪花。在僵持不下時，一位隊友站出來道歉，大家才慢慢平靜下來，反思大家的錯誤。在互相道歉後，我們重新制定第二天的登山計畫，計畫很快就制定好了，大家也得到一致的共識。

熱氣騰騰的咖喱飯，令人垂涎欲滴。

在五合目山屋圍爐傾偈。

夜空下的反思：重新定義團隊精神

討論結束後，我思緒萬千，走出五合目，躺在小平台上，仰望星際，陷入了沉思：我跟幾位隊員的行為，不僅影響了團隊的凝聚力，也違背登山精神中的團隊協作原則。此刻，我深深明白到，作為團隊的一員，應該與隊友們互相扶持，共同進退，而不是追求個人的速度。明天，我將以更沉穩、更耐心的態度面對登山挑戰。我會嚴格遵守團隊計劃，與隊友們保持緊密的聯繫，共同面對各種突如其來的難題。我相信，只要我們萬眾一心，定能克服一切困難，登上富士山頂峰，共同迎接那壯麗的日出。

拍攝於二零二四年七月四日。

征途啟航2 從山腳到五合目

人生的意義

鄒嘉瑜

那天晚上，我們擠在佐藤小屋的房間裡，窗外的天色漸漸暗了下來。房間裡充滿同學們的喧鬧聲，有人討論著明天的登山路線，有人抱怨著山上的寒冷，還有人拿著手機在拍照。我跟幾個要好的同學坐在角落裡，雖然漫不經心地說著笑話，但心裡卻隱隱有些期待——我們都知道，今晚的星空將會是這次富士山之旅最難忘的部分。

當帶隊教練提議出外觀星時，大家一下子安靜下來。我們穿上佐藤小屋提供的拖鞋，推開木門，冷風瞬間灌了進來。山上的空氣清冽得讓人忍不住打了個寒顫，頃刻，我們的注意力就被眼前的天空吸引住了——那是我從未見過的星空。

城市的夜空總被燈光染成暗紅色，星星像被蒙上了一層薄紗，模糊而稀疏。在這裡，天空像一塊巨大的黑色天鵝絨，星星像被撒在上面的鑽石，密密麻麻，閃爍著冷冽的光芒。銀河橫跨天際，像一條發光的絲帶，將天空一分為二。北斗七星的輪廓清晰可見，獵戶座的腰帶在夜空中熠熠生輝。每一顆星星都像是觸手可及，卻又那麼遙不可及。

被宇宙撼動：在星空下沉默

我們站在觀景台上，大家默然不語。剛才還在嬉笑打鬧的同學們，此刻都安靜下來，仰著頭，彷彿被這片星空給震攝住了。我聽到身邊有人低聲驚歎，然後復歸沉寂。空氣中只剩下風聲和偶爾傳來的蟲鳴。我望著這片星空，忽然感到一種難以言喻的渺小。那些星星的光芒，有些已經走了幾百年、幾千年才走到我們的眼裡。那我們呢？不過是這浩瀚宇宙中的一粒小塵埃。想到這裡，我不禁陷入了沉思。

過去的種種不甘和苦楚，像被這片星空喚醒了一般，湧上心頭。我想起那些曾經因為膽怯而錯過的機會，因為懦弱而放棄的夢想。高中生活並不總是一片順遂，考試的壓力、複雜的人際關係、對未來前景的迷惘，都曾讓我感到窒息。我常常問自己，人生的意義到底是什麼？是為了追求某目標，還是僅僅但求活著罷了？此刻，站在這片星空下，或許我已有答案。

頓悟當下：原來光芒來自內心

我忽然覺得，那些曾經的煩惱和困惑，似乎變得不那麼重要了。星星的光芒穿越了無數光年，才讓我們看到它們的存在。再看我們的生命，雖然短暫，卻也像星星一樣，散發著屬於自己的光芒。或許，人生的意義不在於追求哪個宏大的目標，而在於珍惜當下的每一步，走好腳下的路。

我想起這次登山的籌備過程。從最初報名，到後來的體能訓練，再到今天的實際攀登，走下來的每一步都不容易。正是這些看似瑣碎的細節，讓我找到自信。富士山並不好爬，尤其是當我們背著沉重的背包，踩著碎石路一步步登山時，身體的疲憊和精神的壓力都讓人想過放棄。但每當我想停下腳步時，身邊的同學總會拍拍我的肩膀，說一聲「加油」，正是這一點點累積的鼓勵，讓我堅持了下來。

此刻，站在五合目的觀景合上，我忽然明白到一個道理：再難的事情，只要一步一步走下去，終會迎刃而解。人生莫過於此。我們不必急於尋找答案，也不必因為一時的迷茫而憂慮。只要腳踏實地，走好每一步，未來的路自會清晰可見。

身邊的同學仍仰首觀天，沉浸在星空的震撼中。我看了看他們的身影，心裡湧起一股暖流。這些跟我一起攀登富士山的人，跟我一起仰望星空的人，都是我最珍貴的夥伴。我們一起經歷了汗水和疲憊，也一起分享了星空下的寧靜與感動。這段獨屬於我們的青春記憶，將成為我生命中最寶貴的財富。夜風漸漸變得清冷刺骨，可我們誰都沒有動。銀河的光芒灑在我們的臉上，彷彿在無聲地訴說著宇宙的奧秘。我閉上眼睛，感受著這一刻的寧靜。星空下的富士山，像一位沉默的巨人，靜靜地守護著我們。

星空下的青春印記

不知過了多久，老師輕聲提醒我們該回去了。我們依依不捨地轉身，走向佐藤小屋的木門。臨離開前，我最後看了一眼星空。那些星星依然在閃爍，彷彿在向我告別。回到房間後，大家都難以入睡。有人低聲討論著剛才的震撼，有人拿出手機翻看拍下的照片。我躺在榻榻米上，聽著同學們竊竊私語，心裡充滿了感慨。這次富士山之行，不僅讓我看到了璀璨亮麗的星空，也讓我重新思考人生的意義。

或許，人生的意義就在於這瞬間——與好友一起攀登高峰的堅持，仰望星空的震撼，以及那些無法用言語描述的感動。我們無法預知未來，但只要我們珍惜當下，走好每一步，人生的路自會越走越寬。那一夜的星空，像一顆種子，深深地埋在眾人心裡。無論未來如何，我都會記得，在富士山的五合目，我曾與好友一起，仰望過這片璀璨的星空。那是獨屬於我們的青春記憶，也是我人生中最珍貴的瞬間之一。

向前衝才是青春，向陽盛開才是我們。

難以掩蓋的興奮。

難以抵抗的風沙，
一往直前的我們。

從五合目到八合目

風雨兼程 同行並肩

顏啟凱

從五合目啟程，陽光溫柔地灑在我們身上，四周風光如畫，隊友們的歡聲笑語在山間迴蕩，每個人的臉上都洋溢著興奮與期待，彷彿這不是一場艱難的攀登，而是一次愜意的郊遊。可誰能想到，接下來的路途會如此崎嶇。

隨著海拔一點點攀升，腳下的路悄然產生變化。原本還算好走的小徑，漸漸被一堆堆凹凸不平的石頭取代。每邁出一步，都得仔細尋找落腳點，稍不留意就可能滑倒。很多時候，單靠雙腳已經無法前進，必須手腳並用，像個探險家一樣，在這亂石陣中摸索前行。

從五合目啟程。

隊伍的分歧與心中的拉扯

起初，大家還能保持相對整齊的隊伍，互相交流著登山的感受。但時間一久，差異就顯現出來了。體力充沛、經驗豐富的隊員逐漸加快步伐，走在隊伍的前列；而有些同學則開始體力不支，腳步越發沉重，落在隊伍後方。因差距越來越明顯，為了保障大家的安全和行程的順利，我們不得不分作兩組前進。看著逐漸拉開距離的隊伍，我心裡五味雜陳，既擔心落後的同學，又期待能加快腳步，挑戰更高的山峰。

今天，山上的天氣像故意捉弄我們，剛剛還晴空萬里，轉眼間，天上就積聚起一大片烏雲。突然，雨點竟毫無預兆地砸下來，打在身上，寒意瞬間襲來。大家手忙腳亂地從背包裡拿出防水衣物，匆忙穿上。可那冰冷的雨水還是順著領口、袖口灌進來，冷得人直打哆嗦。這是我長這麼大遇過最冷的雨，雨點打在臉上生疼，雙手很快就被凍僵，連拉防水衣拉鍊的動作都變得遲緩而艱難。在這冰冷的雨幕中，每走一步都變得異常沉重，每一次呼吸都是寒意。

迷霧中，我們靠彼此前行

惡劣的天氣還在持續惡化，大霧彌漫開來，四周一片白茫茫，能見度極低。我們只能憑著模糊的腳印和偶爾露出的指示牌摸索著前進。恐懼和迷茫在心中蔓延，不知道還要走多遠，也不知道會不會迷失方向。但我和隊友始終緊緊跟隨著隊伍，互相提醒著腳下的路況，彼此扶持。在這迷茫的大霧中，我們的友情變得更深厚，每一句鼓勵的話語，都是黑暗中的明燈，給對方帶來溫暖和力量。

每個人臉上都洋溢著興奮與期待。

在艱難的前行中，我們終於到達了八合目。當我們停下腳步，大口喘著粗氣，回望來時的路，能見度已不足20米了，心中滿是感慨。這一路以來，我們在崎嶇的山路上艱辛攀爬，手腳被石頭磨得生疼；在冰冷的雨裡瑟瑟發抖，全身濕透卻未敢停下；在迷茫的大霧中小心翼翼，每一步都充滿了未知和恐懼。但正是這些艱難的時刻，讓我對人生有了更深刻的感悟。

登山如人生，信念就是力量

人生之路，何嘗不是如此呢？那充滿未知的挑戰，就像這變幻莫測的富士山天氣和崎嶇難行的山路。我們總會遇到各種各樣的困難，有時會感到力不從心，甚至想過放棄。但就像登山時，只要心中有登頂的信念，腳下就有前進的力量。在這個過程中，我們會發現自己擁有無限的潛力，那些曾以為無法跨越的障礙，最終都被我們踩在腳下，一一克服過去。

這次攀登富士山的經歷，將永遠銘刻在我的青春記憶中。它讓我明白到，人生的意義不在於登頂那一刻，而在於這一路的奮鬥與堅持。在這青春正好的時光，能有這麼一次充滿挑戰的經歷，跟隊友一起並肩作戰，與同學們患難扶持，那是多麼珍貴啊！它讓我更加珍惜身邊人，也讓我對未來的人生充滿了熱情、期待與勇氣。

一步又一步，我們即將到達終點。

到達八合目篇1

逆境下的堅執

梁璨

當到達八合目時，氣溫已接近零下十度，寒風刺骨，但山屋內的氛圍卻異常溫暖。在安排好睡覺的位置後，大家都四五個人擠在一個狹小的區域裡，重新收拾登山包，鋪好床鋪。與五合目不同，這裡沒有隔間，空間更擁擠，進出時經常有人不小心撞到頭。儘管如此，大家依然保持著積極的心態，互相提醒注意安全。這種擁擠的環境反而讓我們更親近，感受到彼此的支持與關懷。

晚餐時，我們一起享用了熱騰騰的咖喱飯，雖然簡單，但在寒冷的夜裡顯得格外美味。吃飯時，Marco Sir 開始講解明天登頂的注意事項，提醒我們注意保暖、保持體力，並強調團隊合作的重要性，大家心中都充滿了對登頂的緊張與期待。

登頂前的決擇 —— 堅持，還是放棄。

高原反應中的團隊溫情

飯後，我開始感到有點頭暈，原來是輕微的高原反應。組員們立刻注意到我的情況，建議我出外舒活一下，並貼心地告訴我，如果實在不舒服，可以吃她們帶來的藥。他們的關心讓我感到溫暖，也讓我明白到，在高山上團隊的支持是多麼重要。雖然身體不適，但我深信，自己並不孤單。

晚上，Marco Sir 向我們通報了明天的天氣預測。他提醒我們，如果天氣不好，風太大或衣物不足，可能無法在山頂看日出，甚至是登頂失敗。他鼓勵我們，希望我們能夠一班人一起登頂，不留遺憾。這番話讓我既感壓力，卻又充滿動力。我暗暗下定決心，無論多難，都要堅持下去。

凌晨12點多，我被勇 sir 鼓勵出外先感受一下外面的溫度和風勢。果然是寒風刺骨！幾乎讓人無法站穩，令我還沒看清來時的路就縮回了小屋。然後大家陸陸續續吃過早餐，Marco Sir 評估後認為，目前的條件不適合登頂，建議我們待凌晨三點再看情況。

凌晨3點的抉擇時刻

凌晨3點了，我們要作出第一次抉擇：繼續登頂？還是選擇在八合目留下來？這一刻，每個人都陷入了深思。有人猶豫，有人堅定，但無論如何，我們都明白，這是一個關乎堅持與放棄的重要抉擇。

這一晚的經歷讓我深深體會到「共患難」的意義。

在極端的環境下，團隊裡的每一個成員都是彼此的依靠。無論是高原反應時的關心，還是面對登頂選擇時的互相鼓勵，都讓我感受到團隊精神的力量。同時，我也開始思考「堅持」的真正意思。堅持不僅是為了登頂，更是為了在逆境中不放棄自己，不辜負團隊的期望。無論最終能否登頂，這段經歷都將成為我人生中的支撐，教會我在未來的挑戰中勇敢前行。

經歷後的成長與肯定

家人後來告訴我，他們從我的故事裡看到我的確成長了。雖然我一直是個內向的人，但這次富士山之行，讓我學會如何依靠團隊，也讓我變得更堅強。老師則評價說，我在面對高原反應和惡劣天氣時的表現，展現了遠超他預期的韌性與毅力。

休息是為了走更遠的路。

這段經歷讓我明白，真正的成長往往發生在最艱難的時刻。富士山的挑戰不僅是對體能的考驗，更是對個人心理以至團隊精神的磨練。通過這次經歷，我學會如何在逆境中堅持，如何在團隊中找到自己的位置，也深刻體會到「共患難」的真正意義。無論未來遇到怎樣的困難，我都會記得八合目那夜的寒風與溫暖，記得團隊的支持與鼓勵，記得自己在逆境中選擇了那一份青春的堅持。

看透山峰 參透人生

陳俊賢

凌晨時分，隊員們在熟睡中被窗外嘈雜的聲音吵醒，天氣突然變壞，下起雨來，我凝望窗外，天空被黑暗的帷幕籠罩，雨點似箭敲在瓦上，落在地上，發出劈裡啪啦的響聲，樹枝在風中瘋狂搖拽，一聲驚雷傳來，眼前驟現一片被撕裂的天空，像是天神的怒吼。我們蜷縮在房間裡竊竊私語。這時候，教練指示為了安全起見，也決定放棄登山了，心裡不知是惋惜，還是慶幸。

回到床上，聽著狂風在我耳邊呼呼作響，我的思緒不禁回到我們第一次訓練，當時也是狂風肆虐，我們坐在涼亭裡，肩並肩，安靜地聽老師的講解，一邊接受風雨的洗禮，一邊為自己登上富士山做準備，那時的我還很青澀，不會用登山仗，也因為性格內斂，不敢與別人交流合作，但在一次又一次的訓練裡，我結交了許多朋友，我們一起走遍形形色色的山，從登山中領悟到不同的道理。在老師教練們的指導下，在同學們的陪伴下，我的膽怯與憂慮也消失了，像樹木在風雨中越發堅韌。此刻，我望向天花板遲遲不能入睡，難道我們要就此放棄嗎？心裡也不免有些遺憾。

雨停後的選擇與掙扎

「集合了！」教練的呼喊聲，讓我從夢中驚醒，看向手錶，凌晨三點，窗外的雨點由啪啪作響轉為稀疏的滴答聲，隊員們肩並肩坐在地上等待教練的發令，此時此刻，教練告訴我們一個令人振奮的消息，「我們決定登山了」，同學們可以自行選擇登山與否，當我還在猶豫不決的時候，過去的登山訓練經歷又再次浮現在腦海中……

那次在九龍坑山的訓練，我們是懵懂的新人，笨拙地用著登山杖一步一步往前走，同學們互相配合，戰勝了風雨的怒吼。在大帽山的時候，我們越來越有默契，分享著自己的經歷、食物，互助互勉，站在山頂享受著風帶來的涼爽，戰勝了烈日炎炎的山林。在五合目的時候，背上沉重的登山包，走過崎嶇不平的石地，同伴們互相依靠在一起，也分享著獲取「神棍」的喜悅。我們戰勝了鬱鬱蔥蔥的原始森林，我們一起走透大大小小的山，這些山仿佛又讓我從中參透人生，領悟到人生的意義，過去的種種經歷，使我的迷茫與困惑頓消，是的，我又為何要懼怕眼前的挑戰呢？我們不都走過荊棘滿途的路了嗎？今天，我們已塑造出不屈不撓的自己。於是，我堅定地舉起了手，肯定的對眾人說：「我要登上山頂！」

從登山精神參悟人生道理

即使現在距離登山已有一段時日，但同學們那種登山的精神讓我銘記於心，為了不拖累大家，我每天堅持體能鍛煉，為了幫助他人，犧牲自己前進的速度，為了登上山頂，充滿面對狂風暴雨的勇氣，這種堅毅不屈、堅韌不拔的意志，讓我獲益良多，山不僅是山，更是人生的縮影，當你面對人生種種挑戰時，又曾否想起當初登上山頂的那份決心與勇氣呢？所以說，從山中學習，當看透山峰的時候，也就參透了人生。

驀然回首・
輕舟已過萬重山
拍攝於二零二四年七月七日

不可多得的旅程

萬皓然

在爬到富士山八合目的時候，我站在一處觀景臺上，四周是那壯麗的風景，雲霧繚繞，山峰如鐮刀一般銳利。我心中體會到了那大自然的雄偉與震撼，但此刻的我，身體卻感到一陣陣的不適。剛剛開始經歷了輕微的發燒和高山反應，身體的虛弱讓我陷入了深深的猶豫。

我閉上眼睛，深吸一口氣，試圖將身體的不適拋諸腦後。我想起了幾個月前同伴們提到的富士山之旅——那是一場關於友誼、勇氣和挑戰自我極限的冒險。我曾經憧憬著站在山頂，俯瞰這片美麗的大地。但現在，一切似乎都在向我發出警告。

「繼續嗎？」我心裡不斷地回響著這個問題。在此刻，我的腦海中浮現出多個聲音。一方面是我對成功登頂的渴望，另一方則是身體的虛弱，讓我退卻。畏懼與渴望交織成了一種深深的焦慮。在我最為掙扎的時候，我的一位朋友走了過來。他看到我的不安，微笑著鼓勵我：「別擔心，我會幫你的。」這簡單的承諾如同一縷溫暖的陽光，瞬間驅散了我心中的陰霾。他堅定的眼神讓我感受到了一絲溫暖。他似乎明白我內心的掙紮，給了我一種莫大的鼓勵。我暗暗思索：我該如何選擇？是將這次旅行視為一次放棄，還是繼續挑戰自己，成為那些成功登頂的人之一？

這座山，教我戰勝自己

我回想起登山的初衷。登山不僅僅是為了抵達山頂，更是為了體驗那股克服困難、戰勝自我的成就感。此刻，我不僅在與這座山對峙，更是在與自己內心的恐懼與不安較量。我知道，繼續向上攀登，意味著要面對更加嚴酷的考驗，但如果停下來，那將是無法追尋的遺憾。隨著思緒的翻騰，我腦中湧現出爬山的種種經歷：每一步都像是在邁向自己的心靈深處，每一個呼吸中都夾雜著對自然的敬畏。這不僅僅是肉體上的挑戰，更是一場精神的洗禮。

我輕輕將視線投向遠方的山頂，那被陽光映照的地方彷彿在召喚我。那一刻，我心中的猶豫逐漸被一種強烈的願望所替代，我渴望去追尋那份屬於自己的榮耀。是的，儘管我身體狀況不佳，但一種無法抗拒的力量把我推向了前方。

攀登巔峰的決定之刻

「我們一起去吧！」我最終還是決定繼續前行。儘管身體的每一個細胞都在抗議，但似乎心中已有一個聲音在呼喊，讓我堅定地邁出了步伐。我的朋友依舊在我旁邊默默支持，他的存在彷彿給了我一種無形的力量。

攀登的過程猶如一場自我審視的旅程。隨著我們接近山頂，身體的疲憊感也越發明顯，呼吸開始急促，心跳加速。高山反應猶如一隻無形的手，嚴重扼住了我的咽喉，時不時地讓我停下腳步，調整呼吸。「是不是要休息一下？」我的朋友問道，他的聲音溫柔而堅定。

我搖搖頭，心中有一種衝動，不願意停下，彷彿只要停下就會失去一切。當我不再猶豫，繼續抬起腳步時，眼前的風景也越加壯麗。雲層在我周圍彷彿都在湧動，山風輕輕拂過臉龐，讓我感受到了一陣清涼。那一刻，我覺得自己彷彿與天地融合，山頂的榮光彷彿已經在前方等我。我開始認真審視自己，思考這次挑戰的意義。每一步攀登，都是對我自身意志的檢驗，每一次停頓，都是與身體不適的對抗。我所面對的不僅是山勢的陡峭，還有心中對抗恐懼、痛苦。

攀上高峰，也看見了自己

隨著我們一步一步走近山頂，我的內心湧起了一種無與倫比的激動。我明白，無論結果如何，這次的經歷都將是我人生中無可替代的一部分。也許在山頂的那一瞬間，我會感受到前所未有的滿足；而即未能如願，我也會收穫那種勇氣和堅持的力量。終於，經過一番艱苦的努力，我們抵達了山頂。迎面而來的山風刺骨而清新，陽光灑在身上，如同天籟般的撫慰。我站在山頂，心中無比激動，彷彿所有的付出與堅持都在這一刻得到了回報。俯瞰大地，連綿的山脈宛如波濤洶湧，我感受到了那份自我的解放與寧靜。

「我們成功了！」我轉身對我的朋友大喊，聲音中帶著難以抑制的喜悅。他的笑容在陽光下閃耀，彷彿在為我們這段旅程的共同努力而慶賀。此刻，我們不再是孤單的攀登者，而是共同征服這座偉大山峰的旅伴。

在那一瞬間，我明白了，人生的意義有時並不在於目標本身，而在於追逐目標過程中的心靈成長。無論前方的路有多麼困難，只要有勇氣去面對，任何挑戰都將成為我們最美好的回憶。

這次富士山的攀登經歷，不僅讓我收穫了無上的風景，更讓我在心靈深處找到了那份堅定和勇敢。每一次的猶豫與掙扎，都在此刻化為動力，讓我更加珍惜生命中的每一次冒險，無論是在登山的路上，還是生活的旅途上。當我站在山頂，深吸一口氣，心中想的是：無論未來遇到何種挫折，只要我擁有堅持的信念，就一定能戰勝自我，攀上更高的山峰。在這個瞬間，我感受到了一種前所未有的自由，那是對自我的超越與認可。

富士山的挑選之旅，不再只是一次短暫的挑戰，而是印刻在我心中，伴隨我繼續前行的重要經歷。**未來的路上，無論面對怎樣的機遇和挑戰，我都會把這份勇氣與堅持深深銘刻在心，作為我人生旅程中最寶貴的財富。**

我們下山啦！

勇試方知
前路寬

付宇航

從2月到7月整整5個月，如果你問我最艱苦的是哪段時間？我實在很難選擇。因為整個過程中，從來沒有哪一天是輕鬆的。如果你問我哪段時間最有意義、對我影響最深，甚至關乎我生命中的一切決定時，我可以跟你說，那一定是在八合目我決定放棄上山頂的時候。直到現在，我還回想起當時心情的改變和悔恨。僅僅幾個小時卻成為了五個月中的最大記憶，或許，這也成為我整個旅途中唯一的遺憾。

從山腳上一直走到八合目實在不容易。八合目的房間很擁擠，一個房間甚至要睡上30幾個人。再加上在3400米的高空只有幾度的氣溫。大家那一夜一直沒有睡好。我呢？更只睡了兩個小時。凌晨一點，我們被教練喊醒，大家擠在八合目的一片場地上。他跟我們說外面天冷，風又大，此刻，我們要自行選擇是否上山頂，如果選擇上去，就沒有回頭路了。

離山頂四百米，我選擇了放棄

聽到這句話我想了很久。我想都走到這一步了，只差四百米高，不上去不是很可惜嗎？另一面，因為我第一次和第二次的登山訓練都不好，需要隊友的指示，老師也給我打電話，說我可能要被留在中途而上不了山頂，就連母親也不相信我能做到。那一刻我開始想，我從山腳能爬到這一步，究竟是不是我的運氣？大概我也不相信兩星期的特訓會有顯著成效，我也不想冒這個風險，再加上我帶來的禦寒衣物並不足夠。於是，我最終沒選擇登上富士山頂。在作出這個決定時，我的心情到底是低落的，感覺像從前的努力都白費了一樣，但同時又安慰自己，可以比上山頂的隊友們早下山。在收拾東西的時候，陸凌峰跟我說能不能把水杯借他，因他的紅糖水喝完了，我也欣然同意。這也成為了一個契機，自此以後，我跟他便成了摯友。

清晨時份，看著隊友們上山的背影，心裡五味雜陳，不知道是開心還是難過，過了一會，心裡只留下遺憾。直到這時，我才意識到自己作出的決定是多麼錯誤，但我還是盡力安慰自己。人生沒有後悔藥，決定以後還不如從容面對。

辯解還是自我責備？

下山的過程中我越發感到悔恨，我問教練：如果我要上山頂的話，你覺得我可以嗎？我本想得到一個肯定的答案，這樣我便可以好好說服自己，不是我決定的錯誤，但他卻說：「如果你想去的話，你一定可以的。」那刻，我更難過了。我好像給人當頭棒喝般，原來這決定否認了我從前做過的一切努力與準備。看了看旁邊的隊友們眉開眼笑，但快樂是屬於他們的，落在我心裡的只剩下後悔。

如果說整趟旅程，我最大的收穫是什麼？我會想，這段富士山之旅那麼困難也這樣跨過去了，它教曉我不再拖延，有問題盡快解決。而這個不登山的決定更令我體會到，事情若不嘗試，便註定會失敗，但若果嘗試了，或許還有一線的機會，就像諺語「勇試方知前路寬」一樣，人不試過，又怎知道自己不行呢？人不逼自己一把又怎會探索出自身的極限來？更我驚訝的是，在我把這件事我告訴母親以後，她並沒有責怪我，反而為我能走到三千四百米海拔而感到無比驕傲，那一刻，我才真正感受到被認同，我很感激母親給我的鼓勵，因著這份鼓勵，我才變得更自信，更勇於接受生命中的任何挑戰。

前路黑暗，
但我們心中有光

機會
緊握在手裡

陳嘉喜

凌晨三點，富士山八合目的山小屋外，黑漆漆一片，寒風呼嘯，似乎在警告我們這場艱苦的攀登。在溫暖的宿舍裡，Marco Sir 站在我們前面，向我們講述登頂過程中可能遇到的種種挑戰，他的聲音在寂靜的小屋顯得格外堅定。但此時，我的內心卻波濤洶湧，決定登頂的話，就意味著沒有退路，必須勇敢前行。

回想以往的自己，我總是對自己缺乏自信，害怕失敗，寧願逃避也不肯面對。對我來說，失敗似乎是羞恥的代名詞。每當面臨挑戰，我總選擇放棄，導致錯失了很多機會，事後又充滿懊悔與無奈。這次也不例外，我向 Marco Sir 和勇 Sir 提出選擇放棄登頂。然而，他們的一句話如同一束光照進我搖擺

凌晨時份在八合目登頂前留影！

不定的內心——「你有足夠的能力呀！你不去嘗試去做，不是很可惜嗎？我們相信你做得到。」這句話深深觸動了我，彷彿給我一次再次選擇的機會，我開始重新審視自己，內心的恐懼逐漸被勇氣取代。「好！我決定登頂！」我堅定地說。

待所有人整裝待發後就正式出發。外面依舊黑暗，寒風刺骨，彷彿在考驗我們的意志。此刻，我們第二小組齊聲高喊口號，彼此間的鼓勵讓我感到溫暖和力量，心中燃起了一份鬥志與希望。隨著一步步的前行，我的信心不斷在積累。

寒夜初啟：零下五度的挑戰

剛開始登頂，四周黑漆漆一片，體感溫度只有零下五度，冷得讓我不由得打了個哆嗦。害怕的情緒逐漸湧現，但我不斷提醒自己：這是一個來之不易的機會，我又能再錯過？一路上，除了寒風呼嘯，只剩下彼此踏著碎石的腳步聲，在寂靜的山間回蕩，彷彿在與黑暗抗爭。每一步都是自我的挑戰，隨著隊伍的前進，我的心中漸漸充滿了奮發向上的力量。

當到達九合目時，我們在御來光館停下，等待迎來日出。隨著時間推移，天邊漸漸泛起了一絲紅暈，太陽緩緩升起，照亮了四周的山巒。那一刻，我心中湧起無比的感慨與激動。陽光灑在臉上，似乎驅散了我內心的恐懼，帶來了新的希望。我們在晨曦熹微中，繼續向頂峰進發。

然而，攀登的過程並不輕鬆，風越來越大，幾乎將我吹得站立不穩。每向前邁一步，都需要付出莫大的努力。此時，狹窄的過道上擠滿了上山和下山的登山客，可我們不能停下，必須不斷向前。雖然身體的疲憊越發沉重，但我心中只有一個念頭：絕不放棄！我已錯失過一次機會了，這一次，我定要好好把握。

越過雲海之前，我先戰勝了自己

在這種堅持的驅動下，我一心向上，望著越來越近的山頂，心中的自豪感越發強烈。我知道，這不僅僅是一場身體的挑戰，更是對我內心的磨煉。每一次呼吸，每一次使力，都在告訴自己：只要勇於嘗試，即使失敗告終，也不怕重新再來。終於，在經歷了無數的挑戰與堅持之後，我成功登頂了！眼前的美景讓我積下來的疲憊與辛苦，一瞬間煙消雲散。山頂的風景壯麗無比，雲海在腳下翻滾，陽光肆意地灑在身上，彷彿在為我的堅持鼓掌喝采。那一刻，我明白到，機會是留給有準備的人的，只要勇敢邁出第一步，無論結果如何，都一定不會後悔。

媽媽的驚喜，看見我的蛻變

結束了這場難忘的旅程後，我的心情久久不能平靜。回到家裡，媽媽對我的變化感到驚喜，她一直以來都希望我能更有自信，勇敢面對生活中的種種挑戰。她總說我之前做事畏首畏尾，錯過了很多機會，而如今的我，似乎重拾起那份決心和勇氣。母親的讚許讓我倍感自豪，更加堅定了我繼續前行的信念。

今天，我開始反思這次登山經歷帶給我的啟示。無論是人生的哪一段旅程，機會總是留給願意嘗試的人。即便失敗也無妨，因為每一次嘗試，也就是一次成長的機會。正如教練所說，有能力卻不願嘗試，才是真正的可惜。

登上山，也突破了自己

從這次富士山的登頂經歷開始，我逐漸改變了自己的態度。面對生活中的種種挑戰，我開始主動迎接，努力嘗試，希望能夠抓住每一個機會，向更高的目標邁進。我始終銘記著那句「機會予我，必緊握我手」。這不僅是一句口號，更是我對待生活的一種態度，一份信念。

未來的路依舊漫長，但我相信只要敢於嘗試，勇於面對，無論遇到什麼困難，都能從中得到成長的機會。在這條追尋夢想的道路上，我會銘記這次經歷，勇往直前，絕不退縮，始終如一。

登山以後，真正屬於我的人生才剛剛開始。

天邊漸漸泛起一絲紅暈。

我們砥礪前行

八合目出發 勇感登山篇2

十六歲的 壯麗日出

朱彬豪

一切事情的開始，從來都不簡單。不過路上的風景會叫你往前走些，再往前走些……

山屋的木板牆，在狂風中發出瀕死般的嘯叫。我看著窗外漆黑的世界，呼出的白氣還未消散，就黏在玻璃窗上，蜂鳴般的風聲直直紮進我的腦海。

我坐在冰冷的木地板上，機械地搓著雙手，寒氣透過褲子刺進來。在昏暗的燈光下，每個人的呼吸聲都清晰可聞，領隊用沉重的聲音向我們描述著山頂惡劣的氣象條件，當領隊要求表決的一刻，我的指甲正深深掐進掌心，不多時，我舉起了手。我依然記得，那是我人生為數不多的勇氣與果敢。

「謝謝你們，一直在我身邊。」

山嶽的對話：3300米上的叩擊聲

凌晨三點，在天邊的微光下，我帶齊裝備走到門外，我們沉默的完成了登頂前最後的集合，風正呼嘯著，領隊的聲音被撕得稀碎，只能依稀聽見一出發」二字。登山杖叩擊岩石的清脆聲此起彼伏，在海拔3300米的稀薄空氣裡，敲擊出人類與山嶽對話的原始節拍，我們的呼吸是顫抖的聲波，在狂風的咆哮中，震顫著微不可聞的那份決心與堅持。黎明前的黑暗總是格外漫長，每一秒、每一步也是煎熬。然而，當遠方的紅日終於掙脱大地的束縛，湧現在雲層間時，刹那間，金色的光芒驅散了所有黑暗。

與日出正面相遇

凌晨四點半，在暗青色的天幕下，雲海正以肉眼可見的速度褪去鉛灰，體感溫度已呈負數，但稀薄空氣裡已浮動著某種躁動的暖意。我轉身望去，雲層深處迸出第一道金線，那光芒刺破黑綢，瞬間將翻湧的雲浪染成鐵銹紅，下方雲海開始沸騰，無數浪尖鍍上一層金邊。我不禁屏住呼吸——雲裂開了，赤紅的日輪掙破雲繭，億萬根金針同時穿透我的虹膜。耳邊的一切甚至狂亂的心跳，都被那團躍動的火球吞噬殆盡。山腳下的雲海開始崩塌，乳白的氣流在山脈間流淌，漫過整片大地，如同銀河流落凡間。

喉頭湧動的驚歎，卡在稀薄的空氣裡，凝成白霧消散，我將這神跡烙在腦海深處。罡風帶著砂石，喚醒了我那被迷醉的靈魂，我仰頭望見山峰刺破霞帷，朝陽已攀上肩頭，將我的影子伸長投向未竟之路，我踏上岩石，向著終點進發。

從雨夜到日出，終於站上山巔

清晨六點，我喘著大氣，腿一蹬，最後一塊石階被我甩在身後，那一瞬間，我的精神反有些恍惚了，腦海裡浮現出過往數日登山路上的艱辛，是在茂密叢林間小路的不斷穿梭，交叉相錯的樹葉永遠遮不住我對山嚮往的眼睛；是在攀爬崎嶇岩石間每一次的手腳並用，登上每一個眼裡曾經的不可能；是坐在地上累倒又努力啃著能量棒的我，疲憊的身體與一直熾熱燃燒的心。

我彷彿又回到那個濕透的雨夜，在小小的亭子裡，大家第一次感受到自然的威力，輕蔑的心被霸道的大自然所征服，高傲的自我也慢慢放下，跟大家融為一體，陽光刺向雙眼，我站立在大帽山巔，衣衫被汗水浸透，風吹來，將在九龍坑山濕透的心吹乾，也慢慢燃點那尚有餘溫的火苗，溫柔的晚風帶走烈日，我為第二日出發做最後的準備，收拾好行囊，便淺淺入睡，睜眼拉開床簾，是睡眼惺忪的隊友們，我背上行囊，長呼一口氣，化作白霧，朦朧了我的眼鏡，拿衣袖擦亮後，眼前是雲海上的日落，那抹動人的紅點燃心中熾熱的火焰，遙遠的山尖越來越近，晃的一下，我的雙腿直直的站立在山頂，數月以來的時光，造就眼前的一瞬間。

勇敢的起點：人生三萬天的開端

或許有人會問：「一切值得嗎？」絕對值得。我遙望眼前渺小百里群山與樓宇，心中忍不住高呼：「登此山也，則有心曠神怡，寵辱皆忘，與友臨風，其喜洋洋者矣。」過往種種成敗得失，盡皆拋諸腦後，我只想享受此刻，我望著身旁興奮莫名的隊友們，心中只有真摯的謝意。

一切的開始是混亂的，我們這個團隊也不例外，不過漸漸地開始慢慢向好，我不再掩飾我那欲言又止的嘴，不再隱藏自己的疲憊，我們每人不再偽裝，放下羞恥的心，毫無保留地向隊員敞開心扉，那時的我才明白什麼叫做「團隊」，我自此終於學會了成為一名合格的隊員，直到第二天，我迎來了第二課——什麼是隊長，我學著控制全隊的行進與休息時間，學著該如何幫助隊友，笨拙地學會成為一名隊長，至於為何膽怯的我會當上隊長？我只是在最初訓練時，勇敢地舉了一次手，僅此而已，我心中浮現了一句話「勇敢的人先享受世界」，人生只有短暫的三萬多天，不妨勇敢一次，勇敢是這場旅程的開端，那一次點擊確認名額榨乾我的勇氣，勇敢貫穿著這場旅程，每一次舉手都是向未知發起勇敢的挑戰。

是啊！其實人生擁有整整三萬天，十六歲，不過是一切的開始，何必糾結於往日的失敗呢？過去考場失意不應是心中的大石，曾經的惋惜也不該一直縈繞在心，就讓過去成為過去吧！我們不是更應把未來置於眼前嗎？再望向山頂一旁的牌匾「富士山頂上真宮」，這座山，誠然是我生命中的一座高山，但它不是終點，終點在何方？我不知道，這座山卻告訴我：只要努力的向前走，便能見證世界的美麗。富士山只是我的第一座高山，往後，還有連綿不斷的群山等待著我。

假如我有機會看望曾經失落的自己，我會說：「少年啊，假如將生命縮短成一天，你的年齡正是一天日出的時候，所以別氣餒，一起繼續前行吧！」

站上山頂，不只為了風景，更是為了那個不輕言放棄的自己。

五星紅旗不只飄揚在祖國的天空，也在我們心中，隨我們登上高峰。

八合目回程 到達五合目篇

渺小的我們也有著大大的夢，
不一樣的下山體驗。

驀然回首

尚說難否

羅若曦

剛開始下山的時候，我便已開始後悔，後悔自己為什麼不再大膽一點，為什麼自己不果斷一點？咬緊牙關跟大家一起登上山頂？那就不會直到現在才來後悔，但自己選擇的路，無論如何都要繼續走下去，只是肉眼可見，我興致缺缺。有老師和教練自願留下來，陪我們這些不登山頂的同學下山。

原來，下山比上山更難，上山需要的是體力，下山需要的是竅門，教練說小步小步的走很可能會滑倒，要放開膽子，邁開步伐，別怕摔倒，這樣才能走得又穩又快，很快，我便沒心思再胡思亂想，憑一股拼勁努力跟上同學與老師的步伐，累了就一起停下來，歇息一下，再整裝出發，一路走走停停，倒是比上山更有趣了。我知道，風景不一定要在山頂看，即便是下山途中，也能看到美景，清新的空氣、蔚藍的天空、紅棕色的火山石，這些我都能邊走邊體會得到。

回頭看，其實沒那麼難

到了五合目，驀然回首，那也不過是一座小小的富士山罷了。人生還有那麼多的「山」，等待我們去跨越，要是每次都叫苦連天，徒嘆奈何，哪還有什麼動力去做？有時候，回頭再看那些人生中跨不過去的「大山」，也就那樣，咬牙堅持下去，即使結果未如人意，也不會追悔莫及。

努力適應下山的碎石路才不會滑倒。

為這次征途
劃上句號

仍待整理的 複雜思緒

黃景聰

烤肉店裡，炭火劈啪作響，香氣四溢的肉片在鐵網上跳動。一聲聲乾杯中，我們才終於把心裡的石頭歸還給富士山。懊悔、疲憊全都煙消雲散。

溫暖的告別時刻

Miss Fong 正好是教導我的數學老師，她特意從教練和老師們的團餐中抽身，自發為第三組烤肉，感慨旅程完結，自己也要離開甲寅年中學，又和我們傾談許多這一年來我們對她的印象。無論師生都十分不捨彼此。在這個氛圍裡，我們意識到即將與我們分離的不僅是富士山，還有教練們、Miss Fong 和許多難以再聚的同學。老師們卸下「監督者」的角色，成了傾聽者。

我們的慶功晚宴。

伴隨著烤肉在鐵盤上滋滋作響，這一刻，許多微妙的轉變都已發生，大家的心境各不相同，複雜的氣味被大家吞進肚子裡，又即將被引導著大吐真言。

心靈對話與蛻變

接著我們在修整後來到會議室進行 Debriefing。

Debriefing 時 Marco Sir 一直在肯定和認可所有同學的成長，鼓勵大家將心底的話說出來。付宇航也由一開始聲如蚊吶、不願在眾人面前暴露自己體能差的缺點，到後來大方肯定自己在登山前一週的日夜苦功。曾 Sir 也認同付宇航的努力，坦言自己中學時期亦是「肥仔」，但憑著堅持跑步完成蛻變。在對話中，哪怕最終仍不夠堅定自己能上山而放棄的付宇航，在分享初期不知所措的他變得堅定，坦言自己不是團隊中體能最出色的，但未來絕不會再對自己的能力有所懷疑，一定要在其他關鍵時刻「決心攻頂」。

隨著一個個同學的分享，甚至校長和老師們也坦白自己籌備活動時面臨的壓力，我的心情也從初期的「趕快完成上酒店洗漱」、「好尷尬我怕出醜」，轉變為「我也想勇敢一次」。在眾人面前演說自己的收穫，有時並不是分享所得經驗，而是肯定自己的進步，將所遇的難題清晰化。

雖然我所在的第三組算是多災多難的一組，為解決問題而進行的會議數不勝數——在大帽山、在五合目八合目時，都要大家停下來就著性別差異、體能差異、性格差異探討各自所需的幫助，或是心底積壓的情緒。我們的話題最後都會落在客觀事實和解決方案上。而debriefing綜合了三組，看起來像是更多人，但輪到我時，我才覺得更多的，這是與自己心靈的對話。我分享了自己三日來在第三組的所見所聞，我也有許多迷茫的時候，亦錯誤處理了許多事情。

真正收穫是我們的改變

當在富士山五合目將近時，我也會因為隊友缺乏鍛鍊的雙腿、沉重的背囊而感到不滿；我也曾因男女間的禮儀距離，而減少了對她們的幫助。雖然我後來發現了自己思想的錯誤，為隊友背負她的部分行李，主動關心詢問某些同學的身體狀況，但直面並讓他人見到自己的缺陷總是讓人扭捏的。坦白說，若非當時我趁著登山的熱血仍在喉頭、大方分享，我絕沒有勇氣在這裡作「罪己詔」。

也許大人們，甚至幾個月後的自己現在也覺得這些小事有什麼值得分享嗎？不影響考試成績，又不影響自己登山（雖然這兩件事相信在過來人看來也微不足道），但那種心靈上、言語上承認自己並非完美，承認自己一生總有些事不能成就絕對的卓越，思想也不會正確得完全問心無愧——對於一個當時16歲的青少年來說，是痛苦的。

我有寫日記的習慣，我能清晰地見到自己隨著年月、閱歷的增長，思想逐漸變得成熟，人格變得完整。一個小小的6日富士山之旅僅佔我暑假的百分之一，帶來的思考可能也只是一小步，但不積跬步何以至千里？能在正確的年紀完成這般的挑戰，我已然十分滿足。

結識知己，勇敢向前

再者，除了自己一個人胡思亂想、自言自語，能結識這群共患難的朋友，認識到校長、老師，甚至不再同年齡階層但依然相談甚歡的教練（唱著陳奕迅、周杰倫的阿勇教練，嘴裡吐出許多奇思妙想、十分幽默的茶包教練），我真心地感到滿足。克里希那穆提《生命之書》裡提到：「只有我們並不是愛自己所做的事時，我們才會以成功或失敗的觀點來考慮事情。」我想，這個旅程帶給我的，不僅是壯麗風景對感官的強烈刺激、堅持完成挑戰的滿足感，還帶來身邊知己無限的支持。

他們及時在我學生會落選後的鼓勵和肯定，更讓我堅定這些「山友」真誠的聯結。我這才明白，失敗不會讓人懊悔、恨天不公、懷疑自己，只要做到自己應該做的，做自己內心渴望想做的，無論夢想或是良心驅使，肯定自己已達成的成就。失敗僅僅是虛無的數字而已。於是在這種滿足後，我想我能打開自己的內心世界，未來面對任何挑戰也不會憂讒畏譏，只管勇敢向前！

在反思中成長。

Cheers！

感想、感恩、感謝

拍攝於富士山山頂

去開始 去證明 去突破

林佳霖

在離開富士山之後的日子裡，我的思緒總會時不時地回到那段旅程。它成為了我生命中一個重要的分水嶺。每當回憶起那一路的艱辛與掙扎，內心總是翻湧著複雜的情感，這段經歷教會我太多、太多，千言萬語都概括不了它的冰山一角。

其實在這之前，我從沒想過自己會成為一個登山者。運動對我來說既陌生又遙遠。我是一個害怕流汗、害怕疲憊、甚至害怕面對危險的人。然而，當我偶然看到富士山登山團的資訊時，腦海中竟響起了一道聲音：「去開始，去證明，去突破。」這聲音像是一束微光，撕裂了我內心的黑暗，吸引著我

艱辛皆藏在陡峭的山路裡。

踏出那一步。它陪伴著我，度過了無數想要放棄的時刻，帶領我走過了風霜雨雪，最終站在山頂，為這段征途畫下了一個圓滿的句號。

出發前的準備比我想像中更為艱難。從體能訓練到準備裝備，從研究策略到購買行進糧，每一項都讓我感到壓力重重。登山的危險時刻提醒著我，這不是一場隨意的旅行，而是一場需要全副武裝的挑戰、一場與自然和自我的博弈。記得第一次訓練時，我們一行人冒著傾盆大雨，穿行於泥濘的小路間。我的雙腿早已痠痛不堪，每一步都像踩在針尖上，內心不斷有聲音在催促我：「停下來吧！沒有人會責怪你。」但另一個聲音卻悄悄響起：「既然已經開始，為什麼不堅持下去呢？你現在腳下的每一步都是成長的證明、是一次自我的突破。」最終，我選擇了後者，選擇了繼續。

挑戰的開始

然而，真正的挑戰，則在富士山的攀登中展開。隨著海拔的升高，身體的負荷和心理的壓力交織在一起，像無形的枷鎖緊緊束縛著我。一路上，山坡越來越陡峭，岩石堆疊成的路徑讓人寸步難行。我清楚地記得有一段攀岩路，那岩壁幾乎垂直，必須手腳並用才能勉強向上攀爬。毫無攀岩經驗的我第一反應是——退縮，我想放棄了。然而回頭望卻是沒有盡頭的深淵，對於恐高的我來說，這是一場更大的噩夢。

那一刻，我感到前所未有的恐懼，甚至覺得自己無法再邁出一步。我坐在岩壁邊上，手心滿是冷汗，心跳快得像要撕裂胸口。我指責自己為什麼要來到這裡，也懷疑自己是否有能力完成這樣的挑戰。就在我猶豫不決的時候，教練和老師走到我身邊，用堅定的語氣對我說：「別怕，往上看，抓穩岩壁，腳踩實。相信自己。」這些話像是一股溫暖的力量，鼓勵我前進；心中的那道聲音也再次響起：「去開始，去證明，去突破。」

我深吸一口氣，鼓起勇氣，抓住岩壁，開始一步步向上攀爬。每一寸移動都讓我的雙腿發抖，但我不敢停下，不再回頭，也不去想後果，只將所有注意力集中在眼前的每一塊岩石上。不知不覺中，我已成功站在了那段陡坡的頂端——原來，我也可以！

旅程的意義：質疑、掙扎與成長

這段旅程中有無數這樣的瞬間。或許正因為質疑過、掙扎過、努力過，最終的成功才是那麼的刻骨銘心。余華曾說過：「活著的力量不是來自於喊叫，也不是來自於進攻，而是忍受，去忍受生命賦予我們的責任，去忍受現實給予我們的幸福和苦難、無聊和平庸。」這段經歷讓我深刻地意識到我們無法選擇生命的起伏，也無法避免前路的荊棘，但我們可以選擇如何去面對。

是止步不前，還是勇敢邁出腳步，去探尋未知的風景呢？我想，你我心中都已經有了答案。過去的我，對人生充滿恐懼，害怕失敗，害怕未知，甚至害怕死亡。這種害怕讓我不敢嘗試，不敢突破，甚至讓我陷入一種「為了避免死亡而活著」的荒謬狀態。然而，富士山的經歷讓我明白，活著，不僅僅是為了逃避痛苦，而是為了去體驗生命中那些鮮活的瞬間，無論是幸福還是苦難，都是生命賦予我們的禮物。

至今，我仍記得站在山頂俯瞰世界的那一幕，雲海翻湧，陽光灑滿大地。那一刻的我，彷彿與整個世界融為一體。我驚奇地發現，我早已證明了自己的潛能，突破了過去的桎梏，成為了一個更好的自己。輕舟已過萬重山，那些曾經流過的汗水、經歷的恐懼，甚至想要放棄的念頭，事後回望，只不過是生命中的一小片段。我感謝曾經的自己敢於踏出第一步，願意去嘗試，去看那藏在險峻的路途之後的美好風景；感謝自己沒有因一時的恐懼而選擇止步，而是像勇士一樣高舉寶劍，去證明、去突破，讓人生沒有留下遺憾。

生命的意義！

富士山的旅程是一場啟示，更是一次和生命的對話。我深刻地體會到：生命的意義，不是為了逃避死亡或困難，而是為了去感受，去愛，去體驗，去成為一個更完整的自己。「去開始，去證明，去突破。」我想，這便是我在富士山頂找到的答案，也是我為自己書寫的生命意義。

紅了櫻桃，綠了芭蕉。這場征程早已停留在那個夏天，但它帶來的啟發與精神將會深深地銘刻在我們每一個人的心頭。四季流轉，落葉歸根，即便塵土掩埋，也將永遠與我們同在。讓我們一起去開始，去證明，去突破，願我們都能找到生命最好的模樣。共勉！

登上富士山後的第一頓晚餐。

第二組全體成員。

讀萬卷書

行萬里路

魏明宇家長

2024年7月，就讀於東華三院甲寅年總理中學的小孩參加了學校組織的富士之行，作為家長，我深有感觸。出發日本前，學校做了很多準備，包括體能和登山訓練，老師還帶領同學們添置各種裝備。由於這年日本天氣比較極端，基於安全考慮，最初我並不贊成孩子參加這次活動，令孩子情緒變得低落。後來，經過一番思想鬥爭，思前想後，加上孩子這麼堅持，我最終改變態度，支持他的決定。

我的孩子長大了

在整個旅途中，孩子每天都跟家人分享他的點點滴滴，看到他跟同學在行程裡都很開心、很激動，就像是籠子裡放飛的小鳥。在旅途結束以後，學校開設一場富士山之旅的分享會，我有幸參加，學校還播出同學們的登山過程，過程雖疲累但流露出快樂的眼神，我深深感受到同學們的艱辛與堅韌，看得我熱淚盈眶。

在分享會上，孩子在台上分享他登富士山的體驗及心路歷程，這深深地觸動了我，驀然，我覺得心中的那個孩子長大了，懂事了！懂得團隊合作，懂得照顧別人。我非常慶幸孩子那份堅持與不放棄，最後成功登頂富士山！想起自己當初因種種緣由阻止他前行，心中滿是愧疚，對他深感歉意。

從登山體悟人生態度

分享會結束，在回家的路上，孩子跟我說，感覺學習就跟登山一樣，過程歷盡艱難，但是堅持下來那種「會當凌絕頂，一覽眾山小！」的感覺真的很美妙。他還說過去幾年沒好好學習，浪費了很多時間，今後一定要好好學習。作為家長的我，聽孩子這樣說感慨萬千，這次旅行不僅鍛煉了孩子的體能與意志，還讓其身心經歷了一番洗禮。我相信，讀萬卷書重要，行萬里路也同樣重要！

再登富士山：從學生到教練的蛻變

勇 Sir

我是阿勇，我於七年前曾經以學生身份登上過富士山。今天，我以同行教練和紀錄片製作者的身份陪伴年輕人再登富士山，這實在有太多的感受和滋味在其中。

在香港，學生的生活總是與「學業」二字緊密相連。從小到大，他們的活動日程上難免會被「成績為上」的觀念所影響。默書、測驗、考試、補習、排名，成了許多學生生活的重心。然而，作為一名戶外教育工作者，我始終相信，教育的意義不僅在於培養學生的學術能力，更在於幫助他們發現真實的自己，建立他們的毅力、抗逆力、自信和對世界的熱情。這次陪伴 27 位香港中學生登上富士山的經歷，正是這一理念的實踐。

沒有春夏時的插秧，哪有秋冬時的收成

富士山，這座海拔 3776 米的火山，不僅是日本的象徵，更是無數人心中的夢想之地。對於這 27 位甲寅年中學生來説，這不僅是一次體能上的挑戰，更是心靈上的衝擊和洗禮。從最初的籌備到最終的登頂，整個過程充滿了困難與感動，也讓我深刻體會到，生命是需要透過外界的琢磨，方能展現璀璨的光芒。他們用了將近半年的時間去準備自己，於忙碌的課業時間內進行了兩次登山訓練、團隊建立、資料搜集、體能訓練和裝備採購。這一切背後所付出的努力，是成就登頂的基石。

登頂旅程的背後，曾經是無數的掙扎與堅持。作為同行者，我見證過學生在登山訓練時面紅耳赤、汗流浹背，間中呼喊著「我唔得啦！好攰呀！我頂唔順啦！」；見證過學生於跑步時乏力慢行，一會兒後又再咬緊牙關，向前奮力奔跑。更有同學一直於網上群組中上載自己努力鍛煉的紀錄。這一切一切都是為了讓自己能夠背著十多公斤的行裝，一步一步攀上 3776 這個高度。在這個年齡，能夠有一件事讓自己不顧一切的去追，是青春的展現。

團隊的力量：在一起，才能走得更遠

登山從來不是一個人的事情，而是一個團隊的共同目標。我們於第一次的登山訓練中，經歷了冷雨夜的洗禮，同學們明白到小隊隊形和隊員互相看顧的重要性。由於每一位學生的能力各有不同，不同的隊員都被賦予不同的角色與責任，有人負責領航，有人負責照顧隊友。在這個過程中，他們學會了如何互相信任、互相諒解、如何在困難面前攜手共進。

記得在到達八合目住宿之前，有兩位女同學以緩慢的速度攀升著，其中兩位女孩子是因為山勢險要和體力不繼而一直在哭泣，「呼呼呼……究竟幾時先會到呀……我不行了」身旁的同伴一直從旁鼓勵「就到嚟啦，堅持落去呀！」一直沒有離棄。最後，女孩子們選擇了堅持，他們於掙扎的過程中重拾意志，一步一步地攀上八合目。這些點點滴滴，我相信是比登頂更珍貴的部分。

登頂的意義：不只是山頂的風景，更不是炫耀，而是讓自己確信原來生命可以有許多可能性。

作為成年人，我們習慣以自己的經驗去判斷和評價別人，我們常常低估了生命的可能性。然而，其實年輕人不需要我們過份的保護，只需要我們的信任與支持。我們可以為他們提供指引，但真正的成長必須來自他們自己找到熱情，並付諸努力與堅持。我們能做的，是協助他們找到熱情，擴闊他們的視野，在他們跌倒時伸出援手，在他們迷茫時給予鼓勵，在他們成功時一同分享喜悅。

記得在登頂前的凌晨，我們在海拔 3400 米的山屋中休息。當時天氣持續轉壞，風聲怒號。然而學生在集合時，被教練告知當前壞天氣的景況：「在這種壞天氣的風險下，並不存在『我想試一試』的空間；如果你在這刻仍然充滿信心，認為自己可以登頂的，請舉手！」這時候，同學們需要為自己作出一個抉擇。頃刻，大部分的同學選擇舉手，而有部分的同學選擇沉默。最後，舉手的同學肩負著留下來的人所托的信物登頂。

在這個難題下，選擇前進的人需要勇氣，而選擇留下來的人可能更需要勇氣。亦因為這兩個不同的選擇，不同的人給上了不同的人生課題。有些人再次肯定原來自己比想像中的更有能力；有些人則透過「遺憾」，讓自己永遠記住要「相信自己」；有些人在 3400 米找到生命的意義，許下「他日必定要再次登頂的諾言」。無論「攻頂」或「留守」，都是年輕人跟隨自己意願所作的，而我相信讓年輕人為自己的路做選擇，是生命能夠茁壯成長的最有效方法。

未來的路：帶著夢想繼續前行

登頂的那一刻，他們不再是那個被社會所束縛的學生，而是一個個充滿活力與夢想的年輕人。登富士山只是一個開始，這次經歷將成為他們人生中的一筆寶貴財富。無論未來他們選擇怎樣的道路，這段旅程都將成為他們前行的勇氣與動力。作為他們的教練，我感到無比自豪與欣慰。我相信，他們已經學會了如何面對挑戰、如何超越自我，這些品質將是他們一生的財富。

最後，我想對這27位學生說：你們用自己的行動證明了，香港學生不僅是學業上的佼佼者，你們同樣擁有堅韌的意志、關愛的精神以及對未知世界的無限好奇與渴望。未來的路或許充滿挑戰，但只要你們帶著夢想與勇氣繼續前行，就一定能夠創造出屬於自己的精彩人生。

以生命影響生命

曾慶山老師

我是一個習慣計劃的人，平時也有行山的習慣。然而，這次參與富士山的訓練及旅程，卻打破了我多項紀錄。

新的體會和收穫

第一次戶外訓練的路線是九龍坑山。我提前查看了天氣預報，預計當天會下雨，因此很擔心訓練需要取消。當天，教練分析早上的氣象圖後，認為活動可以如常進行，並會根據天氣狀況調整行程。於是，我們便按照教練的安排，早上在山腳附近進行熱身及練習使用器材。

隨後，天氣尚可，我們便開始登山。學生的體能參差不齊，花了不少時間才抵達山頂。然而，此時天氣驟變，教練指出雷雨帶即將經過附近，為安全起見，我們必須盡快下山。當我們抵達山坳時，天色已暗，並下起了滂沱大雨，天文台也已發出黃色暴雨警告。

對我來說，這是一次前所未有的經歷。以往若知天氣惡劣，我一定會取消行程。因此，在我的多年登山經驗中，從未遭遇過如此大雨，更遑論黃色暴雨。即便事後回想，仍覺得不可思議。然而，人生有時在無退路之下，會帶來非比尋常的經歷，而我們應學會隨機應變，從冒險中獲得更大的體會和收穫與體會。

見證學生的蛻變

如果體能較弱的學生，連香港的九龍坑山都無法征服的話，他們又如何能登上富士山？在接下來的兩個月裡，我們進行了多次訓練，希望學生能逐步提升體能。

然而，老師和教練無法時刻監察學生，若他們不自律、不堅持鍛鍊，即使再多的幫助也無濟於事。第二次戶外訓練，是登大帽山山頂，亦是出發富士山前最後一次訓練，相較上一次訓練已相隔兩個月。理論上，體能較弱的學生應有所進步，但事實是仍有學生令人失望，有位男同學連登上大帽山山頂都顯得十分吃力。由於他未能履行責任，按照教練的指示進行恆常練習，基於安全考慮，教練認為他不宜前往日本登富士山。即使他到達富士山，也可能因體能不足而無法繼續攀登。訓練結束時，教練坦率地對他說：「以你目前的狀態，即便前往日本，基於安全考慮，我也不會允許你登頂。」

終於正式登富士山了，從淺間神社行至五合目的過程中，那位體能不佳的男同學看起來並無大礙。訪問他後才得知，在大帽山訓練後，他深感自己體能不足，亦不願被別人看輕，在教練的「激勵」下，他決心每日跑步數公里，經過十日的努力後，體能終得以改善。他由原先隊伍的負累，搖身一變，成為令人刮目相看的黑馬。然而，在登頂前夜，因天氣惡劣，學生需評估自身能力決定是否繼續登頂，最終他選擇留守八合目，我雖感到可惜，但畢竟登頂本身充滿危險性，安全始終是首要的考量，即便我認為他有能力足以登頂，亦不敢輕率鼓勵他繼續前行。

一切以大局為重

深夜時分，教練召集我們舉行緊急會議，告知因山外天氣惡劣，我們或無法登頂。沉默片刻後，我提議：「是否可考慮讓體能最佳的學生登頂？我相信高年級男生有能力完成，他們亦可代表全團為此行畫下圓滿句號。」經商討後，我們決定讓得到教練認可的學生，於日出時攻頂。然而，這意味著部分教師與教練需留守山屋照顧學生，錯失登頂機會。討論至此，我毅然表示：「教練，校長，讓我留下來吧！」其實，當初校長邀請我時，並不知我曾登頂富士山。

然而，正因我曾有此經歷，我早知若未能全隊登頂，我便可挺身而出，留守山屋照顧學生，此刻對我來說，更重要的是陪伴和守護學生，至於其他隨隊老師，也不會因未能登頂而感到遺憾，我相信這份犧牲是有價值的。最終，我們將隊伍分為兩組：大隊於日出時攻頂，小隊則留守山屋稍後下山，這無疑是正確的決定。

以生命影響生命

最後，那位決定放棄攻頂的男同學與其他體能較弱的女同學，在我與另一位教練的陪同下緩緩下山。途中，我看見他悶悶不樂，便上前跟他攀談，方知他見到大隊出發後，開始後悔自己未能堅持到底，選擇放棄，錯失了登頂的機會。見他如此，我亦感到懊悔，後悔當初未能鼓勵他登頂，後悔沒有輕輕推他一把。因他過往體能欠佳，從小亦在多個領域表現平庸因而自卑。

當教練解釋登頂的風險時，他因缺乏信心而選擇放棄。

坦白說，當初因他體能不足，他並不是我向校長建議的初步人選之一。然而，最終我們仍給予他機會。在香港的訓練與實習期間，他屢次令我失望，但我亦欣賞他最終的改變，無論是體能或心態，皆有所進步。即便他未能登頂，但相信這份遺憾，將會成為此行最深刻的記憶及體悟。正因為他，我深刻體會到這趟富士山之旅的最大價值——以生命影響生命。作為教師，我們常認為提升學生成績才是首要任務。然而，有時課堂以外的經歷，其影響與價值或許遠超課堂所學，甚至可能改變學生的價值觀，影響其一生。當初選擇「雜牌軍」的決定，無疑是正確的。若我們僅帶領體能最佳的學生，雖可免卻許多擔憂，亦無需安排多次訓練，然而體能最佳的學生所能獲得的成長與改變，或許相對有限。真正能從中獲得更大啟發、突破自我的，卻是那些起點較低的學生。

正如我們的教學生涯中，若僅教導優秀學生，工作確實輕鬆許多。然而，最需要我們幫助的，往往是那些能力較弱的學生。教育的本質在於不放棄任何一位學生，只要我們願意多付出一點點努力，有時輕輕一推，或許他們便能突破自我，甚至改變命運。經過此行，我更確信教育之路雖不易，但以生命影響生命，方能真正彰顯教師的價值。

恩師感言 3

抗逆力：在逆境中燃燒的火焰

邱春燕校長

登山的旅程就是一場抗逆力的鍛鍊。無論是酷熱的訓練、長時間的攀爬，還是面對未知困難的心理挑戰，學生們一次次突破自己的極限，也讓我見證了什麼是「逆境中的成長」。年輕人要懷抱夢想，因為那是推動他們前行的動力。然而，當他們面對失敗和自身的局限時，往往會懷疑自己的能力，不敢繼續前行。這種掙扎，就像登山的過程一樣，充滿挑戰和自我懷疑。

行山的時候，我也深刻體會到這一點。即使是我這個成年人，背負著二十多磅的背囊，在炎熱的氣候下攀登數天，也感到呼吸困難，不斷調整步伐。沉重的身體、沾濕的汗水，都讓人容易氣餒，想過放棄。但從學生身上，我學會一份單純的堅毅。他們教會我，只要一步一腳印地走，就能走出屬於自己的道路。我們不需要與別人比較，鬥快並不重要，重要的是跟隨自己的節奏，一步步前行，終究能抵達目的地。

彼此扶持，力量無限

在這趟旅程中，我的學生們成了我最大的支持者。當我滑倒時，他們立刻跑來扶起我，叮囑我「校長，你小心點！」有兩位同學更成了我的左右護駕，在旅程中守護著我的安全，這些關心，讓我心中充滿感激與暖意。其實，這趟旅程並不是我帶領學生登山，而是我們彼此陪伴，互相扶持，成為了對方的依靠與鼓舞。

抉擇的力量：攻頂之路

登山途中，我們曾經面臨一次艱難的抉擇。在八合目時，因天氣惡劣，我們一度考慮是否放棄攻頂。學生的安全始終是我們的首要考量，不能冒險。然而，內心的失望是難以掩飾的。那一晚，我心中不停地祈禱，期望出現奇蹟。感恩的是，天亮時風勢稍緩，氣溫回升，我們在慎重評估後，決定給學生選擇是否攻頂。

當時，整個場地一片靜謐，每個人都在內心掙扎：我的體能足夠應付嗎？我能做得到嗎？我真的可以嗎？這一刻，學生們不僅在選擇是否登頂，更是在面對人生的一次重要抉擇。

最後，27名學生中有19人選擇攻頂，其餘同學因不同理由選擇留在營地休息。我們尊重每一位學生的選擇，因為這是他們對自己的一份承擔與責任。作為校長，我知道，這樣的機會在人生中並不多見，因此我決定無論多辛苦，也一定要陪伴學生走到最後。

一步一腳印，成就自我

攻頂的過程，每一步都考驗著我們的體力與意志，但同時，每一步也充滿了選擇與承擔。最終，19位學生與我成功登頂，那一刻的興奮和喜悅實在難以言喻！學生們有哭、有笑、有跌倒，雨水夾雜著汗水，但我們每一個人都帶著堅持走到最後。

在晚上的小組分享會中，我聽著學生們的掙扎與故事，見證他們的成長，我的眼淚也忍不住流下來。原來，他們內心有太多的不被理解和不被接納，甚至有時候連他們自己也無法相信自己。老師和家長的期望，往往變成了他們身上的壓力。他們努力滿足各方的要求，但也會感到疲憊。

其中一位學生，因帶著過多的裝備，弄得汗流浹背。他認為裝備越多越安全，殊不知這些反成了他沉重的負擔。當他放下不必要的裝備後，他才真正輕鬆地上路。另一位學生原本準備不足，被我形容為「躺平」。一開始我擔心他會拖累團隊，甚至考慮不想讓他參加。但在最後的10天，他竟作出了改變。他開始每天跑步2公里鍛鍊體能，努力不想成為隊伍的負擔。這樣的轉變，讓我看到了他的決心與成長。

在逆境中綻放的光芒

這些經歷讓我深刻感受到，抗逆力並不是與生俱來的，而是在一次次的挑戰中被磨練出來的。逆境就像登山的背囊，雖然沉重，但也能讓我們變得更強大。學生們在汗水與努力中茁壯成長，他們的堅持與勇氣，讓生命綻放出最美麗的色彩。

這趟旅程讓我明白：年輕人需要夢想，也需要熱血，才稱得上青春無悔。他們需要機會去挑戰自己的極限，才能在挫折中找到真正的自己。能夠與學生同行，見證他們的蛻變與成長，是我教育生涯中最珍貴的經歷之一，也更讓我明白，教育的力量就在於陪伴年輕人走過人生的高山低谷，幫助他們找到屬於自己的光芒。

夢想無悔，青春無限。
只要一步一腳印，
終會走出屬於自己的路。
當我們願意相信他們，
給予他們機會，
他們便能相信自己，
在逆境中不斷超越，
成就卓越！

感謝每一位成就這次旅程的你，
願我們一起與年青人同行！

「不要追隨現成的道路，而是走向無路之處，留下自己的足跡。」

拉爾夫．沃爾多．愛默生
Ralph Waldo Emerson

「人生最精彩的冒險，莫過於追隨內心的熱情。」

Oprah Winfrey

感言

山巔回顧 學生感言分享

並不是所有人都能接受高山的挑戰，也不是所有人能夠背著14公斤的裝備，頂著烈日和不穩定的天氣攀登，更不是所有人選擇從山底開始爬升，或願意走出自己的舒適圈，忍受濕透的衣服和沉重的背囊，遠赴日本，來挑戰自己。記住，永遠不要低估自己“You have to have pride in yourself.”。

余天祺

或許，我沒有那麼遜色，我可以做到比自己想像中更好的。因此，那天早上三點半，當冷風在屋外呼嘯，屋內領隊讓我們自行決定是否選擇衝頂時，我選擇相信自己，決定登上富士山頂——這絕對是我人生中做過最正確的選擇之一。

李祉瑤

曾幾何時，「隨便啦」是我的口頭禪，而「半途而廢」是我做事的風格，但這次之後，我有了一些改變。只要在能力範圍內，我一定會全力以赴。不勉強自己，但也不虛度光陰。

羅若曦

在這次旅程之前，我總認為人不需要改變，也沒有動力去改變。然而，在這次旅程中，同學們都變得樂於助人，挑戰自己的極限，改變自己的性格，學習更良好的品德。我看見他們的成長，衷心為他們感到高興，也激勵我去改變自己，提升自己。

改變或許並不容易，但有志同道合的朋友共同朝著目標邁進，跨越那難以逾越的富士山山頂，每個人都克服了自己的困難，改變了自己的性格，不再急慢，不再害怕，不再退縮。每個人都在為成為更好的自己而努力，我也因為看到別人的改變而成為更好的自己。

陳俊賢

山巔回顧 學生感言分享

團體中有些體力較弱的同學，雖然前進速度較慢，但他們依然堅持自己的決心和目標，努力在背負全套裝備中咬緊牙關，走過海拔三千四百米的高度。他們絕不是別人口中的「累贅」或「包袱」，而是值得所有人共同嘉獎的夥伴。

謝錦峰

這次富士山之旅不僅是開拓眼界或訓練體能，更是將攀登富士山那種堅持不懈的精神，運用在生活中面對的困難和挫折中。教練曾説過的一句話讓我印象深刻：「平凡的自己做出不平凡的事。」我對這句話的理解是，要成為強大的人，只取決於自己，只有戰勝自己，才能做出不平凡的事。

彭芯怡

登大帽山是一次寶貴的經驗，不僅攀爬的高度高了、身上的行李也更重了、天氣也從下雨的天氣轉變為酷熱的天氣，令人十分難受，慶幸我們組的進程還算順利。沿著山徑，我看到香港很多地方甚至是深圳的景色，對於第一次登上香港最高峰的我，無疑是個震撼。不論是附近的石堆，或是遠處的建築，無不吸引著我。過程雖然辛苦，但看見如此美麗的景色，我相信我的汗水是值得的。

林紫蒨

一個人雖然走得快，但一班人可以走得更遠。從剛知道同組的人互不相識，到共同攀登富士山，隊友之間在一次次的訓練中早已建立深厚的友誼，富士山路途固然艱辛，但我們途中互相扶持鼓勵，分享食物、聊聊天，很快就走過一個個合目，信心倍增，最終到達山頂，這離不開組員們的團結一致，才能成就彼此、成就自己。

顏啟凱

山巔回顧 學生感言分享

登上富士山的過程中，有一段路程疲倦得不斷侵蝕著我的內心，每步路彷彿背著石頭走一樣，甚至產生過放棄的念頭。每一步都需要極大的意志力去克服，這種挑戰讓我明白，有時候真正的對手往往不是外在的環境，而是內心的恐懼與懷疑。當我抵達頂峰時，並非風景的優美或當下的勝利感讓我激動，而是我在過程中，重塑了自己的內心力量。這次經歷教會我，只有戰勝內心脆弱的自己，才能在面對任何挑戰時無懼前行。

鄧雨澤

第二次訓練登大帽山之後，雖然回家後全身酸痛，但這一切都是十分值得的。因為我從來沒有背著沉重的登山包，爬上全香港第一高的山，這是一個挑戰，更是一個成長的機會。我曾嘗試新事物，突破自我，不再局限於日復一日枯燥無味的學習生活中。「讀萬卷書，不如行萬里路」，開闊視野，遊山玩水，真是一件快樂的事情！

彭楊林

真正的「登得漂亮」，不僅僅在於最先達到山頂的榮耀，更在於團隊成員之間的相互扶持與共同進退。這次經歷讓我深深體會到團隊精神的重要性。在未來的日子裡，我將更珍惜每一次與團隊共度的時光，並努力提升自己的團隊意識與合作能力。

梁琹

輕舟已過萬重山，回望過去，那是已征服的富士山；向前看，是歸途的榮耀。回想這次富士山活動，從第一次活動講解，到登山訓練，再到物資採購，以及見識富士山的宏偉壯舉，直到登上五合目，我們已經付出了很多很多。到真正站在這座高峰之巔，我對登頂卻反而感到無所謂。我想，攀登一座高山的意義，在於攀登的準備和過程，而最後成功登頂只是過去努力的見證。而更高的高山仍在等待我們，正如人生這座山，一座比一座高。我們要努力登頂，稍作休息，回頭看看登頂的成就，然後轉向前方，走向另一座山，進無止境。

鄒嘉瑜

山巔回顧 學生感言分享

經過這幾天，我認為自己在人生中又完成了一個成就，這也給了我更大的自信，相信未來可以做好、做更多、做更偉大的事。希望所有人在未來的日子裡也能好好覺察、認真生活，珍惜得來不易的每一天，在《地球Online》這個遊戲上享受和快樂地玩耍。一生中還有很多挑戰等著我們，我們要珍惜這些挑戰，因為它們能讓我們升級。當自己有著信念和目標，就能從容地面對任何困難，讓生活變得更美好。

香鎮健

「再出發」不該是為了逃避什麼，而是要追逐著什麼前進。接受自己的失敗是我從這個旅程中學到的最重要的事情。即使沒有成果也不算失敗，反而是那些從未開始前進的人生才是真正的失敗。跌倒只要站起來繼續前行，總有一天能走到終點，無需因為一次失敗而否定自己的全部。

李凱彤

這趟登山之旅讓我明白，當想真正做好一件事時，不需要為這些瑣事憂慮，只要懷抱著一顆勇往直前的決心，一直向前走，任何阻礙都將不堪一擊。同時，這段短暫的旅程也讓我明白了什麼是團隊精神。

朱彬豪

在登頂的那一刻，我才意識到克服困難其實很簡單。很多時候，我們都有過多的焦慮和不必要的恐懼，以至於未能踏出第一步、第二步、第三步。這個世界還有太多美好的事物，有時候我們需要勇敢一點。勇敢的人先享受這個世界。相信自己，一切才能迎刃而解，這樣我們才能體驗到世間的美好。

林佳霖

山巔回顧 學生感言分享

這段時間我得到了很多，不只是一段旅途，更是一個全新的自己。從一開始的不情願去爬山，到後來的期待，甚至是興奮。在這段旅途中，我看到一個更願意為一件事而努力、更自信的自己。我明白，如果決定去做一件事，就應全力以赴將它做到最好，而不是隨便了事。

付宇航

堅持，是攀登高峰時那份不滅的信念。它讓我們登上富士山的夢想不再遙不可及，讓平凡的生命因不懈的努力而綻放出耀眼的光芒。成功往往藏在那扇挫折的門後，不經歷風雨又怎能看見彩虹？在風雨來臨時堅持下去，推開那扇通往成功的大門。也許，下一刻，幸福的彩虹就會紛至沓來。

陳嘉喜

有了第二次訓練登大帽山的經驗，這次大家都很團結，也沒有擅自跨組。我很榮幸能夠擔任探路者，排在第一位。雖然我好多次走錯了路，在路口迷路，但隊員們都沒有抱怨，這讓我十分感動。在登山的過程中，有位同學因體力不支無法繼續攀登，隊長第一個伸出援手，願意分擔背包的重量，讓我明白到登山不是一個人登得快，而是大家一起登得漂亮。 **魏明宇**

「花有重開日，人無再少年。」當我報名參加這個團的時候，家人和朋友都笑了，「花錢受罪」、「去軍訓？」我不以為然，因為我知道，與其在其他團裡吃喝玩樂，我更喜歡經歷千辛萬苦，登上山巔，俯瞰眾山小的感覺。那種征服高山的成就感和充滿挑戰的感覺，是其他事物無法比擬的。

三天的攀登讓我身心疲憊，當我登上3776米的那一刻，和組員一起「衝線」的時候，看到山頂開闊的景色，喜悅蓋過了一切勞累。驀然回首，輕舟已過萬重山，但我不甘止步於此。明年今日，我要挑戰更高的峰巒，挑戰自己的極限。我的青春就應該花費在這種地方！ **鄒嘉瑜**

山巔回顧 學生感言分享

站在富士山頂的那一刻，我感受到前所未有的勝利喜悅與成就感。這次活動既鍛煉了我的團隊合作能力和責任感，更讓我明白到「相信自己」是一件非常重要的事情。如果隊員不合作、不溝通，就可能導致整個登山過程隨時出現變數，影響團隊前進的節奏。幸好隊員們都願意及時提出建議並進行有效溝通，彼此之間也不乏關心，讓大家在往後的行程中有充沛的精力，砥礪前行。

爬山過程雖然勞累，但我心中只有一個念頭，就是——我能做到！憑藉這份毅力，我風雨無阻地一步一步向著自己的目標進發，最終為之前的所有努力畫上了一個圓滿的句號。感謝學校舉辦這次活動，它給我們一個挑戰自我的機會，也感謝各位培訓老師對我們的嚴格要求和細心照顧，這些都是我成功登頂不可或缺的因素。

劉樂希

富士山這座高峰在我們的不懈努力與真摰熱誠下被征服了，一步步的足印帶領我們抵達山頂。一路上，我們會因為枯燥而抱怨、因為疲憊而退縮、因為饑餓而叫苦連天，但這些磨難並沒有將我們擊倒，反而讓我們更加團結，一起面對逆境，向陽而生。　陸凌鋒

這一次的富士山之行毫無疑問是一次令我畢生難忘的經歷。放眼全港，恐怕沒有哪間學校會這樣帶領我們一眾學生去攀登富士山。富士山之旅的每一天對我而言都是一次全新的體驗和歷練。畢竟，能夠一邊感冒，一邊從五合目二千三百米的高度爬上八合目的三千四百米，我想我應該是全團唯一一人（笑）。在這次旅程中，我學會了很多東西，無論是高山反應等生理知識，還是在登山過程中要為隊友多考慮，照顧身體狀況不佳的隊員，這些都讓我在各方面有了新的突破。希望我能銘記這次深刻的體驗，在未來能夠同樣實踐出來。　胡楚昕

山巔回顧 學生感言分享

山不會向我走來，我必須主動走向山。攀登富士山的經歷讓我明白，人生的道路不可能一直平坦，機會也不會自動降臨。就像面對一座座高山，只有主動出擊，才能接近目標。每一次攀登，都是一次自我極限的挑戰。山不向我走來，我只能以堅定的步伐向山走去。這讓我領悟到，人生中的困難和機遇不會主動找上門，我們必須積極主動，勇敢面對挑戰，才能在人生的高峰上看到更廣闊的風景。

李欣宇

第一次戶外訓練是我最難忘的登山經歷之一，雖然登山時較為辛苦，但由於天氣尚算不錯，隊伍仍可以一步一步慢慢上到山頂。反而下山時，由於偶遇暴雨，又恰逢太陽下山的時間，濕滑的路面和難以看清前路的黑暗，讓本以為較輕鬆的下山路程也變得寸步難移。儘管上到小巴時我身上已經濕透，但藉著本次登山，我也明白到「一群人走得遠」才算「登得漂亮」的真諦，更擁有了與團隊一起在雨天下山的寶貴經歷。

陳嘉喜

在漫長的訓練週期中認識各位志同道合的同學，在朝夕相處的六天內推心置腹同生共死，交情之深直至多月後的今天，仍猶有餘溫。平時在學校忽略的路人，球場上不敢組隊的同學都變得親切，打一聲招呼寒暄幾句就能回復到山上無話不談的狀態。

黃景聰

我想在富士山頂看那美不勝收的日出，但我在最後登頂前一刻出現發燒和高山反應，縱然如此，我在隊友的鼓勵下，決定堅持下去，跟上隊伍的步伐，最終成功登上富士山山頂。在我們的團隊裡，有些人選擇停留在八合目，認為已經盡力了，但當我們帶著他們的信物到達山頂並給他們拍照紀念，也許他們也會問自己「為什麼當時就不能堅持下去，也許就能成功了啊！」我認為人生的珍貴，不僅是因為只有一次，更是我們能完成我們所追求的事，所以我們做事要全力以赴，不留遺憾。

萬皓然

拍攝於第二次訓練。

學習理論，實踐理論。

負重前行。

山中的珍饈佳餚。

來自校長細膩的鼓勵。

五合目旁的風景。

「你不是一個人。」

富士山頂上奥宮
登頂
流浪生命工程
東華三院甲寅年總理中學
TWGHs Kap Yan Directors' College
2024勇闖高峰-富士山3776m

鳴謝團隊

領隊老師：

邱春燕校長　曾慶山老師　方淑君老師

導隊：

黃鎮昌 (Marco Sir)　劉家勇 (勇 Sir)
茶包 Sir　Ms. Bella

贊助人：

郭一葦教育基金

序 ／ 撰文：

李子建先生　魏明宇家長　陳敏兒女士

校對：

周嘉濂老師　梁世杰老師　伍尚俊老師

學生名單：

劉欒希	萬皓然	彭楊林	付宇航
魏明宇	梁璨	陸凌烽	羅若曦
彭芯怡	陳嘉喜	鄒嘉瑜	朱彬豪
顏啟凱	鄧雨澤	莊嘉敏	黃景聰
胡楚昕	李欣宇	關宇鑫	李祉瑤
林佳霖	陳俊賢	香鎮健	謝錦鋒
林紫蒨	李凱彤	余天祺	

匯聚光芒，燃點夢想！

《海拔3776mの生命教室　用雙腳寫下富士山札記》

系列　：心靈系列
作者　：東華三院甲寅年總理中學
出版人　：Raymond
責任編輯　：Sallyng
封面設計　：Fun Wong
內文設計　：Fun Wong
出版　：火柴頭工作室有限公司 Match Media Ltd.
電郵　：info @ matchmediahk.com
發行　：泛華發行代理有限公司
九龍將軍澳工業邨駿昌街 7 號 2 樓
承印　：新藝域印刷製作有限公司
香港柴灣吉勝街 45 號勝景工業大廈 4 字樓 A 室
出版日期　：2025 年 7 月初版
定價　：HK$138、NT580
國際書號　：978-988-70511-4-5
建議上架　：心靈勵志 / 流行文化